良寛に生きて死す

中野孝次

北嶋藤郷［聞き手］

考古堂書店

良寛に生きて死す――目　次

I　命のうたのしらべ

II　良寛の啓示を受けて

III　現代人にとって良寛とは（聞き手　北嶋藤郷）

IV　わが死に寄する最後の言葉

I

命のうたのしらべ

良寛遺愛の手毬

越後の春風の中に手毬をつく

わたしは良寛の歌を見るたびに、この世に良寛くらい春の訪れを心の底からよろこび、たのしんだ人は古来いなかったんじゃないか、の思いをあらたにしないことはない。

良寛は数かぎりなく春のよろこびを歌ったが、そのどれもが喜悦の情にあふれ、声に出して読んでまことに快い。

この里に手毬《まり》つきつつ子どもらと
　遊ぶ春日は暮れずともよし

霞立《かすみた》つ永き春日に鶯《うぐひす》の
　　鳴く声きけば心は和《な》ぎぬ

どの歌をとっても、春の来たこと自体がうれしくてならず、その思いがこみ上げて、鳥の集まって鳴いているのを聞いてもたのしく、子どもらと毬をついてもたのしさがこんこんと湧いてつきないのである。しかも良寛の歌はどれもごく平易な、素直な、一つも飾らない詠みぶりだから、その思いはまっすぐこちらの心にとおって、読む者までがたのしくなってくるのだ。

そのことを味わうたびに、わたしはなぜだろうと思う。

たしかに越後路の春はすばらしい。雪が消えると桜・桃・アンズ・梨・梅・レンギョウなどの木の花や、スミレ・タンポポ・レンゲなどの草花がいっせいに咲き出し、そのはなやかさは雪国でなければ味わえぬものだ。しかし、それは越後に住む人全部にひとしく訪れる春である。なのに、その中でとりわけ良寛において春がこのように幸福をもたらす季節であるのはなぜか。

自然に対してまるで無防備な草庵

そう考えるとき、わたしが思いつく答えは一つしかない。良寛にとってそれだけ草庵の冬ごもりがきびしく辛いものだった、ということだ。豪雪地帯越後の冬のきびしさが並大抵でないことは、鈴木牧之《ぼくし》の『北越雪譜《ほくえつせっぷ》』が記すとおり万人共通だが、中でも国上山《くがみやま》の五合庵《ごごうあん》に住む良寛にとってはわけても堪えがたいものであったろう。

五合庵を訪れたことのある人なら、誰でもただちにわたしの言うことを肯《うべな》うはずだが、あれはとても人の住む所ではない。わたしは一度、雪まだ深いころのあの前に佇《たたず》んで、おれは到底ここに住めんな、と思わざるを得なかった。便利快適な文明生活に慣れた現代人が、まさに無一物の、自然に対してまるで無防備な草庵に堪えられようとは思えないのだ。

だが、良寛は来る年も来る年もこの恐ろしくきびしい暮らしに堪えた。床板の上にゴザを敷いただけ、壁は板張りで、寒気も風も通る。自分で拾ってきたホダを焚くイロリの火が暖をとるすべだが、そんなものしか越後の冬ごもりを助ける手段はなかったのだ。良寛は非常に我慢強い人だが、それでもこの冬のきびしさを嘆く歌や詩をいくつも作っている。

うづみ火に足さしくべて臥《ふ》せれども
こよひの寒さ腹にとほりぬ

炉に残った火に灰をかぶせて、コタツにして寝たのだが、そんなことではしんしんとせまる寒さをふせぐことができず、その寒さが腹の中にまで透ったというのだ。「腹にとほりぬ」とは凄まじい表現である。

つまりこういうきびしい寒い越後の冬を、良寛は毎冬ごとに堪え通したのである。それを逃れ、もっと安楽快適な所へ移ろうとはしなかった。なぜか。生が極限にまで曝《さら》されたような、無一物のこのきびしい生存形態こそ、良寛の選んだ生だったからだ。良寛は一生、所有を棄てに棄てて、この無一物の生をこそわが生と定めた人なのだ。

棄てることを選んだ生の姿

そもそもが、出雲崎の名主の家に生まれた人なのである。いま出雲崎に行って生家の屋敷跡を見ればわかるが、良寛の生まれた橘屋《たちばなや》というのは、海岸ぞいに狭く長くつらなる町並みの中心でもひときわ広い地所に建つ屋敷である。その家の跡継ぎとして生まれ、名主見習役にまでなりながら、十八の年に栄蔵（良寛の幼名）はとつぜん家を捨てて出家してしまう。実に思いきった行為だが、棄てるということに徹した良寛の生涯の、これが出発点であった。

二十二歳、備中玉島《びっちゅうたましま》の円通寺で国仙和尚《こくせんおしょう》の下で修行僧となり、三十三歳で印可《いんか》を受けるまでの十二年が、良寛が最も本格的に禅の修行をした時代だった。が、良寛はその僧の身分も棄てるのである。どこかの寺の住職になる道を選ばず、それからまさに

雪の出雲崎町（中央が良寛生家橘屋跡）

備中玉島（倉敷市）の円通寺全景

乞食《こつじき》しながらの諸国行脚の漂泊をわが道とした。

越後に戻ってきたのが三十九歳の年で、戻ったとて生家に寄らず、諸方の空庵や塩焼き小屋などを転々としながら、乞食《こつじき》による無一物、無所有の生き方に徹した。

どこにも属さず、何者でもなく、何をも持たず、ただ一個の人間であること、これが良寛の選んだ生の姿であった。

生涯　身を立つるに懶《ものう》く
騰々《とうとう》　天真《てんしん》に任《まか》す
嚢中《のうちゅう》　三升の米
炉辺《ろへん》　一束《いっそく》の薪《しん》
誰か問わん迷悟《めいご》の跡
何ぞ知らん名利《みょうり》の塵《ちり》
夜雨《やう》　草庵の裡《うち》

生涯懶立身
騰々任天真
嚢中三升米
炉辺一束薪
誰問迷悟跡
何知名利塵
夜雨草庵裡

双脚《そうきゃく》 等閑《とうかん》に伸ばす

双脚等閑伸

これが良寛の、みずから見た人生だった。

そして不思議は、この何一つ持たぬ乞食僧《こつじきそう》の中に、実におどろくべき自由と、優游《ゆうゆう》とした心境と、天地自然との堂々たる一致と、限りなく優しい愛と、汲めどもつきぬ風雅とが、つねにいきいきと生きていることだった。みすぼらしい乞食僧の外見の下に、人びとがかつて見たことのない人間がいたのだ。

越後の村里を歩いていた托鉢の人生

彼は詩をよみ、歌を作った。詩は高雅な志を告げ、歌はやさしい心の働きをうたっていたが、彼は詩人でもなく、歌人でもなかった。実にみごとな書を書き、誰もがなんとかその書を得ようとしたが、書家ではなかった。僧形であるが坊さんではなかった。これはそういう何者でもない所に徹しきった、いわば純粋無垢のまっさらの人間だったのだ。

その人柄に一番先に気づいていたのは、越後の子どもらだった。彼らは良寛を見ると慕い寄り、遊ぼうとせがみ、また実に良寛は子どもらと遊んであきることがなかったのである。田畑を耕す農夫もこの乞食僧の人柄を愛し、姿を見れば呼びとめて一緒にドブロクを飲んだ。最も疑い深い地主たちまでが、この乞食僧の高雅と学識と詩・歌・書のみごとさ、人柄の気品に惚れて、近づきを求め、その人から学ぼうとするようになった。

わたしは何度か越後の良寛跡を辿ったが、国上山《くがみやま》の五合庵を中心に、良寛が乞食してまわった村々を歩くと、今でも乞食に頼る以外に生きるすべのない良寛の生き方のきびしさに打たれずにいられなかった。それは今はにぎやかな寺泊の魚市場を歩いていても、夕暮の岡に立って川面を眺めても、郷本《ごうもと》の荒波に夕陽の沈むのを見ても、蒲《かん》原《ばら》平野のハンの木の「はさ木」の下を通っても、とにかく弥彦《やひこ》、岩室《いわむろ》、巻《まき》、和島《わしま》、分《ぶん》水《すい》、与板《よいた》、この平野のどこにも良寛の足跡が残っていると感じ、そこを歩いていた人の托鉢《たくはつ》の人生を思わずにいられないのだ。

春の到来さえうれしい恵みと感じる

しかし、良寛の生き方が示すのは、人は所有と快適・安楽ばかりを求めていては、本当の心の充実を得ることはできない、ということである。冬のきびしさに堪えたればこそ、良寛には誰一人味わえなかったほどに深く、春の訪れをよろこぶことができたのである。生をゼロに近い所に置くほど、それからほんの少しプラスになっただけでも、それを恵みと感じる。ふだん空腹でいるから、乞食で与えられたわずかの食に幸福を覚えるのだ。いつも飽食していては本当のうまさを感じることができない。

苦あれば楽ありという。これはふつうは、いま苦労していればいつか必ず楽が来るという意味で使われているが、これを苦しいことがあってこそ楽しさはわかるのだと証明してみせたのが良寛だった。彼はその生全体を無所有、無一物のゼロに置くことによって、春の到来も、食を与えられるのも、花が咲き鳥が鳴くのも、すべてをうれしい恵みと感じるようにしてしまったのだ。
そして現代日本人が良寛に憧《あこが》れるのも、物なぞいくら持っても幸福にならないことを、あの高度経済成長とその破裂の体験を通して、身をもって知ったからだ。良寛の真似はできずとも、良寛のような生き方にだけ本当に心を充実させ、安心させ、幸福にするものがあるのではないか、と予感したのだ。

欲無ければ一切《いっさい》足り　　無欲一切足
求むる有りて万《ばん》事窮《じきゅう》す　　有求万事窮

このことを身をもって示したのが良寛の生涯だった。

老いてなお嬉々として遊ぶ心

良寛の生涯はそれでいて少しもさびしいとか、みじめだとか、あわれだという気がしない。良寛が好んで使った「優游《ゆうゆう》」という言葉どおり、その生涯はゆったりと満ち足り、たのしげで、苦しそうなところが見えない。子どもらと毬つきして遊んだり、阿部定珍《あべさだよし》と歌を作ったり、酒を飲んだりしてたのしみ、晩年は貞心尼《ていしんに》という若い美しい崇拝者までが現れて、生涯の終わりに思いがけぬ華やぎをもたらした。良寛が与板に行ったときは、長岡の福島から貞心尼がやってきて、たのしい時を過ごした。

歌もよまむ手毬もつかむ野にも出む
　心ひとつをさだめかねつも

老いてなお、そういう嬉々として遊ぶ心を持っていたのである。
越後路に良寛の遺跡を訪ね歩いて、わたしに特に印象深かったのは、新飯田《にいだ》の桃花であった。信濃川とその分流中ノ口川のあいだに新飯田という所があり、水量ゆたかに流れる中ノ口川ぞいに桃の林がある。春先それが一斉に咲くさまは、まことに華やかで、ああこれぞ雪国の春と感じさせる。

この新飯田にかつて良寛より二十歳上の有願《うがん》という風狂の禅僧がいて、良寛と気があい、良寛もしばしばその田面庵《たのもあん》を訪ねていったらしい。

この里の桃のさかりに来て見れば
流れに映る花のくれなゐ

有願の死後も訪れてそんな歌を作った。

かつて舟運《しゅううん》と鍛冶《かじ》で栄えた与板も、今はすっかりさびれて昔の面影はないが、ここには良寛なじみの寺や社があって、わたしは好きだ。ここに山田杜皐《やまだとこう》という良寛の崇拝者がいて、文政十一年この辺に大地震があったとき、良寛は見舞いの手紙にこう書いた。

しかし災難《さいなん》に逢時節《あふじせつ》には　災難に逢《あふ》がよく候
死ぬ時節には　死ぬがよく候
是《これ》ハこれ　災難をのがるゝ妙法《みょうほう》にて候

恐ろしいような言葉だが、良寛自身が日ごろこの覚悟をもって生きていたのだ。子どもと毬をついて遊ぶ良寛には、こういう凄まじいまでの達観があったのである。

埋《うづ》み火の冬を堪える

わたしが良寛を思い浮べるとき、何よりも思うのは冬の良寛だ。一体あの越後のきびしい冬をどうやって過ごしたのだろうと想像すると、思わず身の引き締るような気がする。

いつか冬の五合庵を尋ねていったことがあるが、雪の中の草庵に立って、これはとてもおれには住めない、という思いにまずとらわれた。暖房といえば炉の火だけだ。床にはムシロが敷いてあったろうが、外の寒さは容赦なく侵入してくる。こんな条件で越後の長い冬を堪え通したのである。便利快適に馴らされた現代人にとうてい堪えられるものではない。

あえて辛く孤独な生き方を選ぶ

良寛にとってだって、それは容易なことではなかった。詩にも歌にも良寛は冬の生存の辛さ、さびしさ、堪えがたさを数多くうたっている。幾冬過ごしてもそれは慣れることのできない、そのたびに全身心の力を動員して立ち迎えねばならぬ難敵であったのだ。

孤峰《こほう》　独宿《どくしゅく》の夜
雨雪《うせつ》　思い消然《しょうぜん》たり

孤峰独宿夜
雨雪思消然

冬の孤独な生存を詩でそんなふうにうたっているのを見ると、良寛さんはどうしてあえてそんな辛く孤独な生き方を選んだのだろうかと、思わずにいられない。

が、そのたびにわたしは思った。こういうきびしく辛い生存に堪えることが、良寛の世界を作ったのだ、と。そしてそれは良寛だけではない、人間というものがみなそうなのだ、とも思った。

人は欲望が起るたびにすぐ充たされる生活では人間になることができない。今の日本人は、腹がへるということさえなく、ちょっと空腹になればいつどこでも食う。のどが渇けば電車の中でもジュースをのむ、暑ければすぐクーラーをつける。そんな欲望を抑えることをしない生き方では、本当の生きる喜びを得られないのだ、と。

そのことを身を以て教えるのが、無一物に徹した良寛の生き方であると、わたしは思わずにいられなかった。人は堪えることを学ばねばダメなのである。いかに寒くとも越後の長い冬に堪え、我慢し、凌《しの》ぎ通すことが、良寛の修行であったのだ。

わが宿は越《こし》のしら山冬ごもり
　往き来の人のあとかたもなし

そういう雪に閉じこめられ、人も訪ねてこない草庵の孤独を思いみなければいけない。そして良寛のすばらしいところは、禅僧のように悟りきったふうをみせないで、冬が辛ければ辛いと、そのことを素直に歌や詩に表現したことだ。だからその歌や詩は人間味があり、われわれにもすなおに通じる。

うづみ火に足さしくべて臥《ふ》せれども
こよひの寒さ腹にとほりぬ

これなぞ実に率直に草庵の冬の辛さをうたい、それが歌としても最高のものになっている。冬の夜は炉に残った熾《おき》を炬燵《こたつ》のようにして、そこに足を置いてわずかの暖をとった。いつもならそれでなんとか堪えとおせるのだが、今宵の寒さばかりは度をこえてすごく、腹の底まで冷えきってしまったというのだ。

この「腹にとほりぬ」という言葉がすばらしい。なまじっかな歌人からはとうてい

雪につつまれた五合庵

出てこない表現で、冬の草庵ぐらしの辛さに堪えた良寛だから生まれた言葉だ。わたしはこの歌を口ずさむと、これぞ良寛の生き方をそのまま歌ったもののように感じ、良寛その人をまざまざと見るような気がする。

春を待ちわび相手を恋する思い

こういう冬に堪えたればこそ、良寛にとって春の到来があのように弾《はじ》けるような大きな喜びをもたらしたのだ。冬の辛さに堪えたから春の幸福があったのだ。もしこれが、現代のわれわれのように、寒ければがんがん暖房をし、暑ければクーラーを用いというようなことをしていたら、良寛のこういう名歌も生まれず、春を喜ぶ幸福もなかったろう。

身をゼロに置かねばプラスの幸福はないというのが、人間の心の逆説というものである。そのことを身を以て示したのが、良寛の生活だった。良寛が病の床の中から、美しい貞心尼に与えた歌に、

あづさゆみ春になりなば草の庵《いほ》を
とく出て来ませあひたきものを

というのがあるが、この春の到来を待ちわびる気持ちと、相手を恋する思いとが重なった、これも良寛の代表歌。実にいい歌だ。冬に堪えた良寛なればこそ生まれた名歌と言っていい。この「あひたきものを」という言葉の率直さはどうであろう。思いがそのまま歌になって人をうつ。こんな歌を受け取った貞心尼の感激はいかばかりであったか。この率直な人間的味わいこそ、良寛という人であったのだ。だから今もわれわれをうつのだ。

春に弾けて喜悦する

良寛にとって春がどんなに大きな喜びをもたらす季節であったか、現代のわれわれには想像もつかない。われわれは便利快適の文明生活に慣れ、良寛のように長いきびしい冬を堪《た》えたことがないからだ。

一文《もん》も持たない貧乏人には十文でも大きな恵みになるが、つねに千文を持つ者にとっては十文なぞ何の喜びにもならない。良寛にとっても冬は辛い季節であり、マイナスのその季節を堪え通したればこそ、春の到来があのように弾《はじ》けるような喜悦となったのだ。

むらぎもの心楽しも春の日に
鳥のむらがり遊ぶを見れば

これなぞ実に何でもない歌だ。春が来ただけでわたしは心が楽しくてならないが、その上、鳥たちまでが春を喜んで群れ遊んでいる、ああまことに幸福だなあ、というだけの歌だが、これを口ずさんでいると、春の到来を身心の奥底から喜んでいる人の気持ちが伝わってきて、われわれまでが仕合わせになる。

万物と一体になって和合している

良寛の歌のよさは、こういう単純で親しみやすく、内容の充実したところにある。これなぞはその代表的な歌だと言っていい。そして、訓練すれば難しい表現の歌は作れるようになるが、こういう単純平明でどっしりした歌は、よほどの大力倆《だいりきりょう》の人にしか作れないものだ。

草の庵《いほ》に足さしのべて小山田《をやまだ》の
山田のかはづ聞くがたのしさ

これもやさしい歌なのに声調に大きな力がこもり、なんともいい歌だ。春が来てあたたかいので、戸を明け放って、乞食《こつじき》に疲れた脚をながながと伸ばし外を見ていると、向こうの田から蛙たちが鳴きしきる声がする。ああ、なんともいい気持ちだ、という。この「足さしのべて」という状態と表現の絶妙さ、上の句と下の句をつなげる「小山田の山田のかはづ」という、ほとんど無意味なような語の繰り返しが与えるのんびりした感じが、一句を単純で充実したものにしている。

右の春の歌二句とも、わたしの愛してやまぬところだが、こんな歌がうたえるのも、春が来たというそのことを真に喜び、幸福と感じる心があればこそだ。そしてこのとき、春＝良寛＝蛙や鳥たちが一つになって、つまり天地自然の中に良寛が万物と一体

国上山を望む蒲原平野とハンの木

になって和合している。我の消えた大きな我のあることが知られる。

鉢《はち》の子《こ》に菫《すみれ》たんぽぽこきまぜて
　三世《みよ》の仏にたてまつりてむ

良寛は春が来て草花が咲きだすと、托鉢《たくはつ》の途中であろうとそれを忘れて菫摘みに熱中してしまう人だった。「三世の仏」とは過現未《かげんみ》の三世の仏たち。「こき」は接頭語で、この鉢の子に摘み集めた菫やたんぽぽをまぜて、過去・現在・未来の仏さまに捧げましょう、という。花の中で良寛自身が仏になっているのだ。

永遠へとつながる絶対の一日

良寛がいかに春の到来を全身で喜んでいたか、それは「手毬《てまり》をよめる」と題した長歌に一番よく出ている。

冬ごもり　春さり来れば　飯乞《いひ》ふと　草の庵《いほり》を　立ち出でて
里にい行けば　里子ども　今を春べと　たまほこの　道のち
またに　手毬つく　我《われ》もまじりて　その中に　ひふみよいむ
な　汝《な》がつけば　我《わ》はうたひ　我《あ》がうたへば　汝はつく　つ
きてうたひて　霞《かすみ》立つ　永き春日を　暮らしつるかも

このように無邪気な、全身心で春を喜ぶさまは、とても大のおとなのすべきことではない。まして日がな一日、子どもらと毬をついて遊び呆けるなど、当時は許さるべきことではなかった。が、良寛はそんな世俗の決まりだの常識などには一切関りない。子どもらと毬ついて春の一日を遊び暮らす、それがすなわち仏道修行に外ならぬのが、良寛だった。

この宮の森の木下《こした》に子どもらと
遊ぶ春日は暮れずともよし

良寛にとっては、そういう一日が充実した一日であり、それがすなわち永遠の時に通じる絶対の一日だった。この一日が全生涯なのである。「今ココニ」が永遠につながっている。この一日があれば死んでもいいという、そういう一日がここにうたう一日だったのだ。やさしい人、良寛のすごさがそこにある。

良寛の歌はどれもやさしく、親しみやすいが、その根底には死生を超越して「今ココニ」生きる徹底した覚悟があった。良寛といえば「毬つき良寛」だが、そのやさしい親しみやすい姿の底には仏道修行の徹底があったのだ。

II

良寛の啓示を受けて

托鉢する良寛像（滝川美一作）

セネカと良寛とシレジウス

わたしはこのところ好んで、古代ローマの哲人セネカやエピクテートスの本を読んでいる。日本では明治以来ずっとプラトンやアリストテレスの哲学ばかりが重んじられ、ローマ帝政期のストア学派といわれるエピクロスなどは、人生哲学だとしてどちらかといえば軽んじられてきた。

ところが実際にそれを読んでみると、彼らの人生哲学が実にいきいきとして、具体的で面白い。わたしはプラトンやアリストテレスや、カントやヘーゲルのドイツ観念哲学にはぜんぜん興味を持てないが、このローマの哲人たちのものは面白くて毎日読んでいる。

良寛の「欲無ければ一切足り」との照応

彼らの教えは、自分の自由にならぬもの、たとえば財産とか名声とか地位とかを得ようとすることによってでなく、自分の自由になるもの、精神や心、意志、思考、活動などにおいて力をつくせというもので、わたしは読んでいてしばしばその境界《きょうがい》が良寛とあまりにも近いのに驚いている。

先日にもセネカの『道徳書簡集』というのを読んでいたら、こんな句に出合ってびっくりした。

——求めることの最も少ない者が、困窮することの最も少ない人間である。

これなど良寛詩の「欲無ければ一切《いっさい》足り、求むるありて万《ばん》事窮《じきゅう》す」そのものではないかと思った。

セネカは別のところでも、「食は飢《う》えを静めれば足り、飲は渇《かつ》を癒《いや》せば足る。衣は寒さを防げばよく、住は脅《おびや》かすものから身を守ればよい。ともあれ、われわれの精神以外に感嘆すべきものなぞないのだ」と言っている。

古代ローマは世界第一の帝国で、非常に繁栄した時代だった。飽食時代で贅沢がもてはやされたところは、現代の日本と似ているが、その中でこの哲人たちは、人が本当に心の平安と、自己充足を得て、幸福に生きるにはどうすべきかと考え、誰もがこういう物欲を断って心の充足に生きることこそ、幸福への道だという結論に達していたのだ。

古代ローマの精神の系譜につらなる

十七世紀のドイツに、アンゲルス・シレジウスという宗教詩人がいて、この人の詩集はドイツで今でも読まれているが、その中にもこんな詩句があってわたしを驚かせた。

——足ることを知っている者はすべてを持っているのだ。欲深く多くを求める者は、どんなに多くのものを得ても、まだまだ足りないと思うのである。

（『シレジウス瞑想詩集』岩波文庫）

こうやってみると、良寛の生き方というのは、良寛はこの人たちのように哲学的な文章を残さず、歌や詩にそれを暗示しただけだが、まさしく古代ローマや、十七世紀のシレジウスや、そういう精神の系譜につらなっていることがわかる。ひろびろとしたところに、その心は出ていたのだ。

セネカもエピクテートスも、いつまでも俗事に携わってないで、早く閑《かん》の生活に入って心に生きよ、とすすめている。わたしはそういう文章を読みながら、二千年昔のローマ人とじかに会っている思いがし、読書とはたのしきかなと、読書の幸福にひたるのだ。シレジウスなどが良寛と相対《あい》したら、言葉や風俗の違いにもかかわらず、たちまち心がひびきあって、親しい仲になったに違いない。

それにしても、いま挙げた人たちの本がドイツでは何十種類も出版され、読まれているのである。アメリカのバカな国防長官がヨーロッパの古さをからかったが、そういう哲学書がいまも読まれていることこそ古いヨーロッパの底力なのだと思う。

良寛は「こころ」の試金石

わたしも良寛に親しみだしてからずいぶんになる。良寛の詩や歌や書が好きで、いつも座右に置いて見ている。歌や詩のあれこれについて短文を書いたことも何度かある。そういう折々に、わたしは歌や詩を通じて良寛その人をきわめて身近なものに感じ、だからこそその感想を書いたりしたのである。

が、また別のときに、では自分は良寛のどういうところがいいと思うのか、自分にとって良寛とは何者でどういう存在なのか、とあらためて考え始めると、とたんに良寛はわからなくなりだすのであった。良寛の全体像を考えだすと、良寛はおぼろになり、遠のき、ぼんやりとした彼方の人になってしまう。なぜなのか、その理由もあれこれ考えてみたが、わかったためしがない。
良寛とはいったい何者なのか。

われわれとはあまりにも違う良寛

良寛は、ごく日常的なところから見ても、あえてわれわれといわずわたしというが、わたしとはずいぶん違う人である。

彼は草庵という極小点を住居とし、ほとんど物を所有していないのに対し、わたしはそれに較べたらずっと大きな家に住み多くの物を所有している。彼には炉と最小限の食器、道具、寝具、衣類があるだけだが、わたしはほとんど不必要なくらい多くそれらを持ち、ひねれば湯の出る水道管、洗濯機、冷蔵庫、炊飯器、暖房、クーラーなど、生活の利便と快適さに恵まれている。病《やまい》に対しても医療機関や保険で守られている。それに反し彼は、薬さえもおそらくなく、病めば心細く寝ているだけである。

読書が好きという点では共通していても、彼は本当に読みたい『万葉集《まんようしゅう》』でも『正《しょう》法眼蔵《ぼうげんぞう》』でも何でも人に借りて読むしかなかった。が、わたしは必要な本はすべて所有し、いつでも読むことができる。同じく習字についても、ちびた筆と粗末な硯《すずり》や墨と必要なだけの紙しかなかったであろう良寛に対し、わたしは言うも恥じ入るくらい多くそれらを所有している。

そういうふうに生活の仕方一つとっても良寛とわたし(われわれ)とでは、まさに天と地くらいも違う。彼の無所有に対しこちらの所有、彼の無所属ふきっさらしの生に対し、こちらの社会に所属し保護された生がある。その違いは、江戸末期と現代との違いを考慮に入れてもなお厳然として存する本質的な生き方の相違である。

それればかりではない。これはわたし一個との違いということになるが、良寛は気が長くのんびりした人だったらしいのに対し、わたしは気が短くせっかちである。彼は「ことばの多き。口のはやき。さしで口。手がら話」を戒《いまし》めたが、わたしは、あのテレビ人間だの芸能人ほどひどくはないとしても、現代人並みに口は早く口数は多い。彼はその無名、無所有の貧しい生に「優游《ゆうゆう》」としていられたが、わたしにはとうてい

国上山の五合庵

それに耐えられそうにない。単に現代の快適さと便利さとに甘やかされているだけでなく、そういう徹底した無所有の貧しさ、不便、苦痛に耐えられないのである。わたしもかつては敗戦直後の窮乏の中で、良寛の草庵生活と似たりよったりの暮らしをしていたくせに。等々。

良寛の生活、生き方、人柄、資質、修行、関心事、その他何をとっても、彼はわたし（われわれ）とはまったく違う人である。われわれの文明に甘やかされた生に較べたら極北といっていいようなきびしいところに生きた人である。わたしにはとうていそんな徹底した無所有の生はできない。このほか、もっと生き方と生活とのいろんなレベルで、良寛とわたし（われわれ）の違いを比較することができようが、すればするほど彼我の差の大きさに気づかせられるだけであろう。

そして肝心なところは、良寛の詩や歌や書は、わたしには耐えられぬそういう極限にまで単純化された生からのみ生まれた、そういう生の構造なしには生まれ得なかっただろうという点である。良寛のどんな詩や歌をとっても、すべて無一物のふきっさらしの生からだけそれが生まれたことを証明している。そういう、わたしとは天と地ほどにも違う生き方をした人の作品が、ではなぜ今のわたしを打ち、動かし、欽慕《きんぼ》させるのか。本来なら、これほど生き方そのものが違う者とのあいだに（それは価値観を異にするということだから）、そういう関係は生じ得ないのではなかろうか。これが良寛のふしぎなところだ。

それほどに生き方を異にする良寛に、わたしはなぜ惹かれるのか？

良寛は社会のはみ出し者だった

わたしは亡くなった歌人で小説家の上田三四二《うえだみよじ》が良寛に惹かれ、深く親炙《しんしゃ》した理由は、とてもよくわかると思う。上田は二度にわたってガンの手術を受け、医者でもある彼は自らの死期を知っていた。その死ぬまでの残りの生を強く意識した彼は、良寛の「双脚等閑《そうきゃくとうかん》に伸《の》ばす」という「優游」たる生き方に、死までの時を充たす最もよい模範を見る思いがしたのであろう。彼はその著『この世　この生』（新潮社）の中の良寛論に、こう書いている。

《そういう十五年にあって私が良寛に関心を抱きつづけてきたのは、良寛におけるこの世の止《とど》まり方に、学びたくしてしかもとうてい及びがたいものを見たからだ。》

良寛は上田にとってそういう者に見え、従って「この世の止《とど》まり方」という一筋の糸で上田は良寛につながった。彼の良寛論が一筋のピンと張った糸のように張りつめているのはそのせいである。どんな場合にも自己救抜を求める者の目に見えたものこそが美しい。上田の良寛論は、あらゆる良寛論の中の最もすぐれたものの一つである。

が、わたしの場合はその上田三四二ともちがう。わたしも今年七十歳になり死はたえず意識に浮かぶが、幸いからだは達者で上田のようにつねに確実に迫りつつある近い死を覚悟する必要がない。そのことは日常のものの感じ方、見方、生き方の上でも上田とは大きな違いをつくり、良寛に対する姿勢もおのずから違うものにならざるを得ない。わたしの接点は「この世の止《とど》まり方」というのとは違うはずである。

さて、ここでひるがえって良寛の生の原理を別の角度から考えてみるなら、一言でいってそれは世間ふつうの生の否定であり放棄である。

ふつうの人が獲得と所有をのぞむとき彼は捨てることを考える。世間の人が何が何でもある物か状態を手に入れようと努めるとき、彼はそれを運命の成行きに任せる。任運騰々《にんぬんとうとう》である。世間の人が村なり藩なり寺なりに所属しようと願うとき、彼はどこかに所属することで自由を失うことをきらう。所属の安定よりは、不安定でも自由を選ぶ。富裕の拘束よりは貧の無拘束を選ぶ。

その結果、彼の生き方は世間ふつうのそれの否定形であり、裏返しのようなものになった。彼の生の原理が、社会を構成し営む原理となり得ないことはいうまでもない。良寛は社会のはみだし者なのである。世捨て人である。良寛のような生き方をする人ばかりだったら人間社会は成り立たない。

であるのに、なぜそのふつうの生の否定形であるような生き方が、かくも、わたし

（われわれ）の心をとらえ、惹きつけるのか？

良寛は社会のクリテーリウム

そう自問するとき初めてわたしは、良寛という存在が世間一般の生に対して持つ意味がわかったように思った。それは――ここはどうしてもドイツ語のクリテーリウムKriterium（辞書では試金石とか判断の基準とか真偽を見定めるものとか訳されているが、要するにそれに触れることによってものの真贋がおのずと明らかにされるようなものをいう）という言葉を遣わざるを得ないが――良寛とは世間一般の人間の生に対するクリテーリウムなのである。良寛に触れることで世の人はみずからの生き方をおのずと反省させられるのである。自分の生き方の正不正、善し悪し、高雅か卑俗か、欲ぼけかどうか、親切か冷酷か、慈愛か邪険か、そういう道徳的な面のみならず、心のありようそのものを焙《あぶ》り出されるような気がしてくるのだ。その一つの証拠としてわたしは解良栄重《けらよししげ》の『良寛禅師奇話』（第四十八段）の証言を思いだす。

師《し》、余《よ》ガ家《いへ》ニ信宿日《しんしゆくひ》ヲ重《かさ》ヌ。上下《ぢやうか》自《おのづか》ラ和睦《わぼく》シ、和気《わき》家《いへ》ニ充《み》チ、帰去《かへりさ》ルト云《いへ》ドモ、数《すう》日《じつ》ノ内人《うちひと》自《おのづか》ラ和《わ》ス。師《し》ト語《かた》ルコト一夕《いつせき》スレバ、胸襟清《きようきんきよ》キコトヲ覚《おぼ》ユ。師《し》更《さら》ニ内外《ないぐわい》ノ経文《きやうもん》ヲ説《と》キ、善《ぜん》ヲ勧《すす》ムルニモアラズ。或《あるい》ハ厨下《ちうか》ニツキテ火《ひ》ヲ焼《た》キ、或《あるい》ハ正堂《しやうだう》ニ坐《ざ》禅《ぜん》ス。其話《そのはなし》、詩文《しぶん》ニワタラズ、道義《だうぎ》ニ不及《およばず》、優游《いういう》トシテ名状《めいじやう》スベキコトナシ。只《ただ》道《だう》徳《とく》ノ人《ひと》ヲ化《か》スルノミ。

良寛という触媒《しょくばい》がそこにあることによって、触媒自体は何をしなくとも、まわりの存在がその働きを受けて変容していったさまが目に見えるようではないか。良寛とはこういう意味において社会のクリテーリウムであった。良寛に触れてある者は「胸襟《きょうきん》清《きょ》」くなり、ある者は親切になり、ある者は高雅な朗らかさを覚える。子供は一緒に遊びたくなり、鳥は共に春の到来をさえずりたくなり、蛙は夏のよろこびを歌いたくなった。その反応はそれぞれに異なっても、この社会のはみだし者、世捨て人、ネガティブな存在であった良寛に触れれば、必ずなにかしら電流のようなものを生じさせたのだ。

それは後世においても変わらない。今日でもわれわれは良寛の詩や歌や書によって日常ふだんの関心事とは別のところへ誘いだされる。良寛に触れ、良寛を読むとは、だからある意味では自分自身を検討することである。この人によって目覚めさせられる何かがあり、それを検討することでわれわれは現代文明の中に安住してしまってい る自分の生を調べ直すよううながされる。良寛というクリテーリウムによって、生の位置測定と軌道修正とを行う。

失ったものを良寛が教えてくれる

日本は戦後五十年の間にアメリカ文明を模範に経済成長をなしとげてきた。アメリカ流の利便と快適と合理性を求め、日本社会とその中でのわれわれの生活は戦前に較べたら激変したと言っていい。戦前はごく一部の富裕階級しか持てなかったクルマや冷蔵庫、洗濯機をほとんどの家が持ち、戦前はなかったテレビや音響機器やクーラーを持ち、今やわれわれは過去の日本人が知らなかったほどのゆたかで便利で快適な生活を送っていると言っていい。が、その発展の渦中にあってわれわれは自分では気がつかなかったが、実は考えられぬくらい多くのものを失ったのであった。

その失ったものを良寛が教えてくれるような気が、わたしはしているのである。

良寛はわれわれと反対に草庵という、これ以上単純で粗末なものはない生存形態を選んだ。その不便、心細さ、貧しさは目を覆うばかりである。が、その代りに彼は文明の拘束から自由で、また耐え忍ばねばならぬ生によってわれわれの失った人間性をゆたかに持っていたのである。社会の中で、またわれわれの心の中で、現代人が何を失ったかを良寛という存在が知らせてくれる。そういう意味で良寛はわれわれにとってのクリテーリウムだとわたしはいうのである。

ゼロに戻る訓練

先だって新潟市で「新潟の文化を考えるフォーラム」というのが催され、わたしは北嶋藤郷《きたじまふじさと》氏とともに良寛について話をした。わたしはここ数十年あらゆる講演を断ってきたが、良寛についてだからと言われてはこの会は断れなかった。

話す以上は、聴いてくれる人に何か具体的なおみやげを持っていって貰《もら》いたいと思い、わたしは良寛が現代の日本人に与える五つの教えということについて話した。良寛その人が他人に向かって何かの教えを説くなんてことは絶対になかったのだから、みなわたしが良寛の生き方を見て、その中から引き出してきたものだ。そのときの話は、あとで『良寛』誌に掲載されるとのことだから、一々ここで紹介しないが、中でわたしが三番目にとりあげた「ゼロに戻る訓練」について、ちょっと報告したい。

物に心が所有されないために

わたしが良寛の生涯を見てつくづく感嘆するのは、良寛という人は、なんとまあみごとに無一物の生涯を貫かれたか、ということだ。これはよくよく考えてみれば、どんなに感嘆してもし足りぬくらいおそるべき生き方で、自分ならどうかと想像してみればすぐわかることだ。わたしにはむろん、とうていできない。

われわれは、これはおそらく誰でもそうだろうが、所有物なしには生きられない。衣食住すべてにわたって必要以上に物を持つ上に、テレビだの車だの、パソコンだのケータイだの、生きる上で必ずしも必要でないさまざまの文明の産物をも、現代に生きる上での必需品として持っている。現代日本人の暮らしは過剰なほどの物の所有の上に成り立っていると言っていいくらいだ。

ということは、見方を変えれば、われわれはそういう過剰な物なしでは生きられなくなっているということだ。テレビだのケータイだのは、なくったって生きる上で一向にさしつかえないのに、それなしでは生きられない。食い物だって、飢えを充たすという必要をこえて、うまい物、めずらしい物を求めて止まない。日本のテレビは一日中、食い物番組を流している。

物なしで生きられないとは、それらの物に依存しきっているということである。それらの物の取得、維持、管理、使用に、つねに心をとられ、日常生活はそのことで手一杯ということになる。飽食社会の中で育った子は、食い物があることのありがたさを知らない。飢《う》えなどはむろん体験していない。

物の所有や維持、保存にかまけきったそういう生き方は、人から心というふしぎな生きものと相対する時を奪う、と良寛は考えていたのだとわたしは思う。物を所有することは、物に心が所有されるということである。それが恐ろしいことだ、と良寛は信じていたのだ。

良寛の遺品・鉢の子を手にとって見る筆者

心を最も自由に保つ唯一の生き方

良寛だって、ときには人に恵まれるか何かして、物を多く所有することがあったにちがいない。たとえばお布施にいただく米でも。良寛はそのたびに己れに向かって、物の所有の害を言いきかせ、物を人にわかち与えるなどして、ふたたび限りなくゼロに近い状態に戻した。橘崑崙《たちばなこんろん》の『北越奇談《ほくえつきたん》』にこうある。

――浜べの郷本《ごうもと》という所に空いた庵があったが、ある日旅の僧が一人やって来て、その隣の家に声をかけ、その空庵に宿泊した。翌日から近くの村を托鉢に回り、その日の食べる分が足りると帰ってきた。食物があまれば、ほかの乞食にも、また鳥やけだものにもわけ与えていた。このようにして半年が過ぎると、見るともなく見ていた近所の人はその奇特な態度をほめ、その道徳を尊重して衣服を送る者も出てきた。それをありがたく受けたものの、自分にあまる分はまた寒くて不自由な人に与えていた。（現代語訳）

これが良寛の生のプリンシプル（原則）だった。蓄えるということをしない。蓄えること、所有することを恐れることかくの如くきびしいのが良寛の生き方であった。それを、わたしは「ゼロに戻る訓練」と呼ぶ。

空庵といえども、放っておけば物はたまる。たえずよほどに注意し、意欲をもって行わねば、ゼロという状態は保てない。

良寛が無所有というゼロの状態をみずからの使命としたのは、それが心を最も自由に保つ唯一の生き方だからだ。何もない時に心は己れ自身に最も近く、また宇宙自然と一つになる。自然の声を聴くことができるのは、己れが天地の間に独りである時、何物にも拘束されぬ時以外にない。

そういう心の状態を良寛は「優游《ゆうゆう》」と呼んだり、「蕭灑《しょうしゃ》」と呼んだりした。「今ココニ」生きる己れが、天地自然と一つになった時、絶対的現在が永遠と一つになった時をさしているのである。

死はいつ我を襲うかもしれぬ

良寛の晩年の詩にこういうのがある。

首《こうべ》を回《めぐ》らせば　七十有余年《ゆうよねん》
人間《じんかん》の是非《ぜひ》　看破《かんぱ》に飽《あ》く
往来《おうらい》の跡《あと》は幽《かすか》なり　深夜《しんや》の雪《ゆき》
一炷《いっしゅ》の線香《せんこう》　古窓《こそう》の下《もと》

回首七十有余年
人間是非飽看破
往来跡幽深夜雪
一炷線香古窓下

七十歳をこえた良寛の境地を示すものとしてよく引用される詩だが、柳田聖山《やなぎだせいざん》はそ

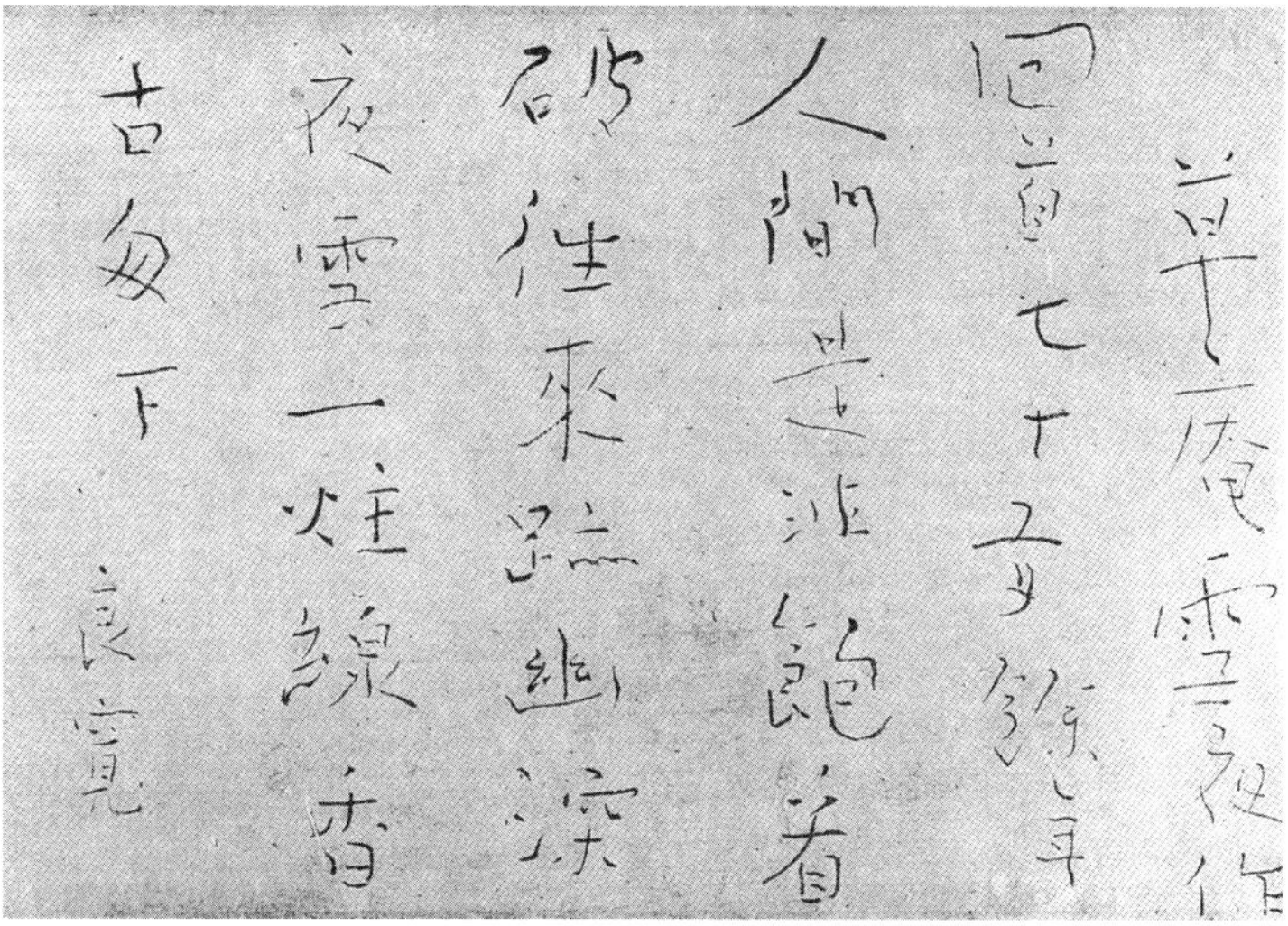

良寛遺墨「草庵雪夜作」

の著『沙門良寛』（人文書院）の中でこう訳している。
《みわたすところ、七十年あまりも、俗世間のよしあしを、嫌《いや》というほど見てしまった。行くも帰るも、路はもううす暗く、夜半の雪で埋まった。さいごの線香が一本、古びた部屋でもえて（尽きようとして）いる。》

「古窓」は虚窓であって誰もいない部屋。往来は草庵への往来であると共に、未来と既往の時をふくむ。最後の今、生死の今が、線香の火であらわしつくされる、というのである。

この詩の眼目が二行目の「人間の是非、看破に飽く」の句にあるのはすぐわかるが、あえて「飽く」といいきったところにかえってそれまでの是非への関心がうかがえるかもしれない。自分は生涯、人々の是非を見抜くことにこだわって来たが今はそれにも飽いた。今は人生の終りを迎えて、誰も来ない部屋で一本の線香が燃えつきようとしているように、自分も燃えつきる時を待っている、というのだろうか。

わたしはこの詩を口ずさんでいると、なんとなく最晩年の良寛の寂《わ》びた心境がわかるような気がするのである。

良寛という人あっての良寛の書

わたしは長いあいだ良寛についての自分の考えをまとめようと思いながら書けないでいたが、その間少しでも良寛の心持ちがわかるようにと良寛の書を臨模したりしていた。良寛は草書を懐素《かいそ》に学んだと知ると、自分でも懐素の『千金帖』を何度も何度も臨書したりした。そして懐素と良寛の書の同じ字を一枚の紙に並べて写して見較べることもして、その結果自分なりに悟るところがあった。それは、良寛の草書はたしかに形と骨法を懐素に学んだらしいが、懐素よりもっと枯淡だということだった。懐素にはまだ美の意識があるようだが、良寛にはもう美しい字を書こうという意識さえ見うけられない。

先のちびたような筆を使ったらしく、字にあまり肥瘦厚薄《ひそうこうはく》の変化が見うけられないことも、そういう印象を与えるに役立っているようである。懐素の書く「鳳」とか「綺」

の字は比類のない美しさで、書をもってこれほど美しい表現が可能かと賛嘆させられるが、そんな美は良寛の字にはない。その代りにどんな卑俗な欲望も感じられず、のびやかで、気の趣くままで、その字に接しているとこちらまでが俗気から解放されるような気がしてくる。

そして最後に達したわたしの結論は、良寛の字は模写不可能ということであった。形はなるほど真似できるかもしれないが、形だけ真似てもどうしようもないというところが、良寛の字にはある。その意味で懐素は書道のお手本になるが、良寛はお手本にはなりえないのである。それくらい個性的で、良寛という人そのものに密接しているのだ。良寛という人あっての良寛の書なのである、とわたしは思った。

そして、そのことは良寛の他の全部についてもあてはまるかもしれない、と思ったものである。柳田聖山氏や入矢義高《いりやよしたか》氏によると良寛の詩は、厳密な意味では漢詩の作詩法に適っていないそうである。「近体詩の場合には、平仄《ひょうそく》のルールは無視されるのが常であり、脚韻《きゃくいん》さえも誤用している例が珍しくはない。時としては、はなはだしく措辞《そじ》が拙劣なために意味をなさない句さえ散見する」と入矢氏はいう。

そのへんのことはわたしにはわからないが、しかしそれじゃ良寛の詩は魅力がないかというと、とんでもない。実にいきいきとし、自分の心の奥底からまっすぐに出てきたような詩ばかりで、口ずさんでまことに気持ちがいい。おそらく同時代の漢詩人たちなら、そんな誤用なぞ決してしないのだろうが、わたしは藍沢南城《あいざわなんじょう》とか巻菱湖《まきりょうこ》とか、いや亀田鵬斎《かめだぼうさい》でさえも、読んでみて良寛の詩のような魅力を感じなかった。平板に決まりきった感情を詩にうたっているだけという気がした。

入矢氏も、良寛の詩はその破格にもかかわらず魅力を失わないとしてこういう。

《しかし、ふしぎなことに、読んでいてそれほどこういうことが気にはならないし、違和感を覚えることも余りない。これは一体どういうことなのであろうか。》

この「これは一体どういうことなのであろうか」というところに、良寛がいる。書についても同じように、その漢詩もまた良寛その人あっての良寛の詩なのである。

その書も詩も歌も「妙境」に達した魅力

和歌についても事情は変わらない。斎藤茂吉《さいとうもきち》は、「良寛は歌の素人を以て処《ゐ》たやうであるが、その本質に於て最早《もはや》素人の域を脱してゐる」といい、「良寛の歌は素人くさいから佳いのでなくて、妙境に入ってゐるから佳いのである」と結論する。

そうなのだ。良寛の書も詩も歌も、書家の書、詩人の詩、歌人の歌とちがって、良寛その人に密着した個性的なもので、従って書としても詩としても歌としても一般化されうるものではない。あくまで良寛その人に結びついたもので、お手本とはならないのである。が、それにもかかわらずその書も詩も歌も茂吉のいう「妙境」に達しているから、今にいたるまでわれわれを魅了して止まないのである。

斎藤茂吉が「良寛和歌集私鈔」に掲載している伊藤左千夫《いとうさちお》の評語によれば、こうなる。

《良寛禅師は、その人すなはち総《すべ》て詩なり。その心すなはち詩なり。》

《禅師の歌は、心の響きをさながらに響かせたるものなり。即ち良寛上人は隈なく

その歌の上に想見せられ得るを見ずや。》
《禅師の歌には、想平凡にして材料の陳腐なるものあり。然かも全体として平凡ならざる所以のものは、作者の生活即ち歌なるがゆゑなり。作者の生活即歌の性命を為せるがゆゑなり。》
《吾詩は即我なり。吾詩は吾が思想を叙したるにあらずして直ちにわれ其物《そのもの》を現したるものなるべからず。》
まさに左千夫のいうとおり、良寛の書も詩も歌も良寛という人の「われ其物」の表出となっているところに、良寛の魅力と、またわかりにくさがあるのだ。すべての良寛論はその「われ其物」の魅力に迫って、それをとりだしてみせねば何にもならないが、それには論者自身がその「妙境」を解している人でなければならぬであろう。結局、自分の竿の長さだけしか良寛という人の魅力を計ることができない、という平凡な結論に達するしかないのである。

物のありがたさをしみじみ感じた頃

わたしは別のところで、良寛はわれわれにとってのクリテーリウム的存在であると言ったが、こうして自分なりに良寛の仕事と生涯とを検討してみると、あらためてその思いにうたれる。良寛は現代に生きるわれわれ全体にとっての試金石であると。

たとえばその一つに、こういうことがある。今から約六十年前、日本が戦さに敗れ国家が瓦解して国中が疲弊したとき、われわれはみなその極度の窮乏生活を体験したものであった。食い物も着る衣服も住む家もなく、まったく何もないところで生きねばならなかった。無であり貧であり、ほとんどの日本人が良寛と同じようなところに生きていたと言ってよい。

が、あのときくらい、生きているというただそのことをありがたく感じたことはなかったのである。死なないで生き延びたというよろこびの前には、物のないぐらい何事でもなかった。若くもあったが、何もなくとも平気で生き、またそれだけにたまに物を与えられたときはそれが非常にうれしかった。物のありがたさというものをあの頃くらいしみじみと感じたことはなかった。

今、日本が世界史でも稀な経済成長を遂げ、国中に物が満ち溢れている時代になって、もはやいくら物があってもありがたいなぞと誰も思わなくなった。とくにその繁栄の中で成長した子供たちには、物をありがたがる気持ちなどぜんぜん見受けられない。同時にまた彼らには生きて今あることの尊さ、ありがたさもよくわかっているとは見えない。

死があるから今あることがありがたい

何でもないごくあたり前のことをありがたいと感ずるためには、身をゼロの地点に置く必要があることが、この事実からもわかるのだ。ゼロか欠乏の状態にあって初めて一《ひと》かけらの食い物でもありがたく思うし、感謝する。人が生きているということもとかく何でもないことと感じがちだが、生きているというそのあたり前のことがいかにありがたいかをわかるためには、人は死を免れられない、死はいつ我を襲うかもしれぬと、死を明確に意識する必要がある。死があるから生きて今あることがありがたいのである。『徒然草』にいうように、「人、死を憎まば、生を愛すべし。存命の喜び、日々に楽しまざらんや」の気持ちになるのだ。

わたしは、良寛はそういう生の機微《きび》を若い時にすでに悟って、その上であえてすべてを捨て、乞食漂泊《こつじきひょうはく》、無一物《むいちもつ》の生を選んだのだと想像する。生きているということ、また冬が去り春が来たということがありがたく感じられるには、死をつねに自覚し、また冬がいかに辛くともその冬に耐える長い日々がいるのである。苦があって初めてよろこびがあることを、良寛くらいよく知っていた人はないようにさえ思う。

そう思って初めて良寛のあのすごい言葉、「災難に逢ふ時節には逢ふがよく候」がわかるのだ。良寛のこの心持ちが今、飽食時代などといわれる物余り時代の中にあるわれわれに、鋭く何かを警告するのだろうと思う。

生きていることが何かを知るためには、生きて今あることのありがたさを知るためには、つねに身を無の中に置け。何度でも心を洗い直して清浄なる無の中に置け。それ以外に有のありがたさを知るすべはない、と。

われわれには良寛の草堂のくらしの真似はできない。ああいう生活ができるにしては、われわれはあまりにも文明によって脆弱《ぜいじゃく》にされている。が、せめてその境地を想像して、わが心を少しでも無に近づけることは、あるいはわたしにもできるのではあるまいか。

わたしが最後に達した結論は、ほぼそういうものになった。平凡だが、それがわたしのゆきついた結論であった。

病いに臨む良寛の態度

わたしは今年で七十九歳を迎え、自分では丈夫な方と思っていたが、この年になると身体のほうぼうが急にガタついてきた。目は老化と長年の酷使で、今やルーペなしでは活字が読めず、肺はＭＲＩなんて最新の機械の検査で肺気腫と認定される。腹にもいろいろ支障が生じるというありさまで、老いの情けなさを日々感じているが、そのたびに思うのは良寛の老年である。

良寛の心細さの思いを味わう

身体にさまざまな支障が生じるのは老いの衰えのしからしむるところで、生ある身の必然、これには昔も今も変わりはない。が、現代では衰えから生じるさまざまな欠陥や病気に対して対処の方法ができている。眼の衰えには眼鏡やルーペがある。腹にガンができても手術をして取り除き、さし当たりの生命の危機を防ぐ。風邪や腹下しや発熱に対しては、多種多用な薬が用意されている。

ところが良寛のような最貧の草庵暮らしの身には、現代のわれわれに与えられるそれらの救助手段は一切ないのだ。病気に対して、ほとんど防御手段がなく、良寛はひたすら、その辛さ、苦しさ、心細さに堪えているしかない。

わたしは自分の身にさまざまな支障が出始めるようになって以来、そのたびに草庵に臥せっている良寛を思い浮かべ、どんなに心細いことだったろうと、胸のふたがるような思いを味わっている。

蒼顔《そうがん》　鏡《かがみ》を照《てら》さず　　蒼顔不照鏡
白髪《はくはつ》　やや綰《わが》ねんと欲《ほっ》す　　白髪稍欲綰

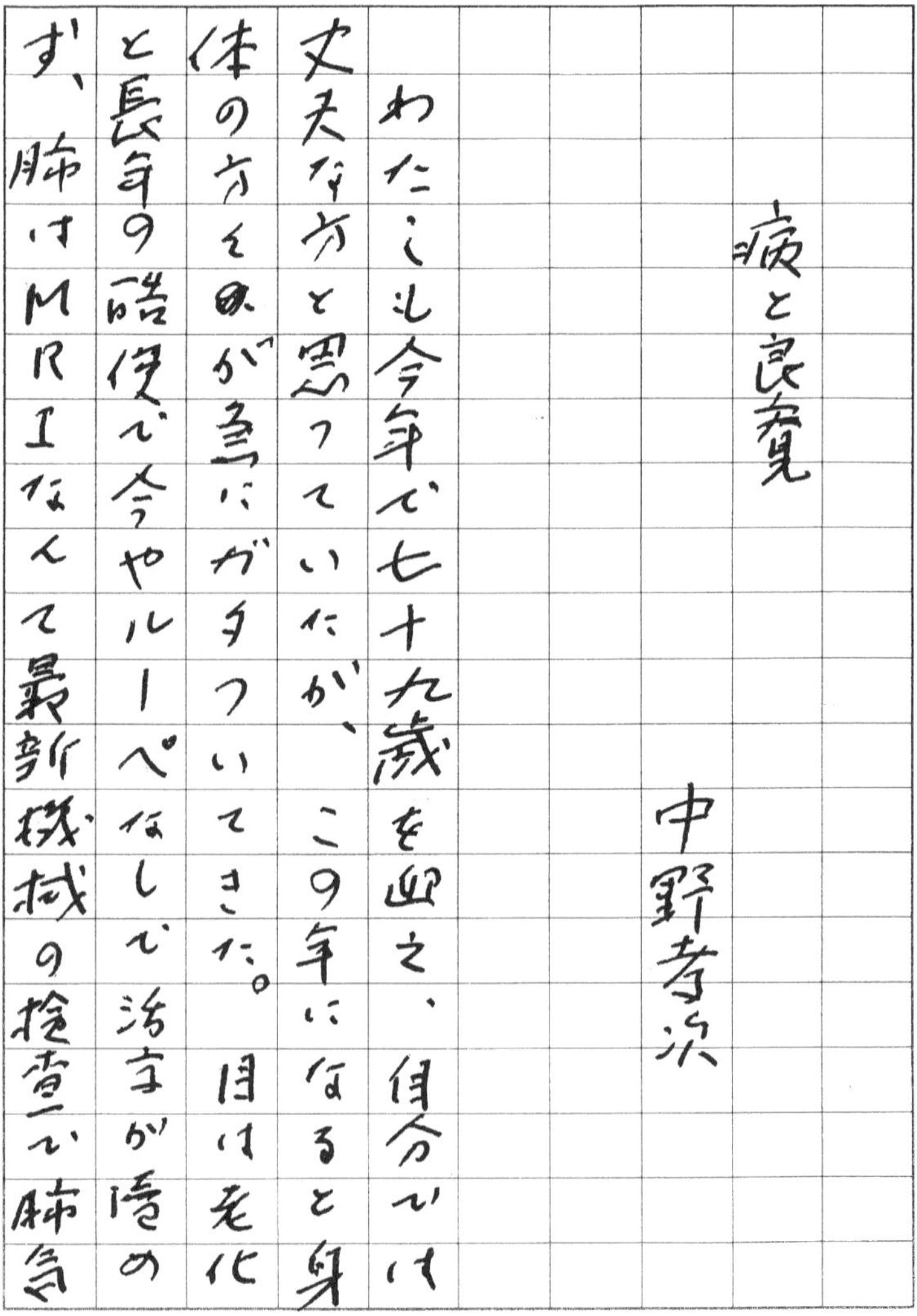

病と良寛

中野孝次

わたしも今年で七十九歳を迎え、自分では丈夫な方と思っていたが、この年になると身体の方も目が急にガタついてきた。目は老化と長年の酷使で今やルーペなしで活字が読めず、肺はMRIなんて最新機械の検査で肺気

中野孝次　自筆原稿

1

腫と診断認定される。腹にもいろいろ支障が生じるという有様で、老いの情なさを日々感じているが、そのたびに思うのは良寛の老いである。

身体にさまざまな支障が生じるのは老いの衰えのしからしむるところで、生ある身の必然、これには昔も今も変りはない。が、現代では衰えから生じるさまざまな欠陥や病に対して対処の方法ができている。眼の衰えには眼鏡やルーペがある。腹にガンができても手

唇《くちびる》は乾《かわ》いて　頻《しき》りに漿《しょう》を思《おも》い
身《み》は垢《あか》づいて　空《むな》しく盥《すす》がんと欲《ほっ》す
寒熱《かんねつ》　早々《そうそう》として別《わか》れ
血脈《けつみゃく》　混々《こんこん》として乱《みだ》る
仄《ほの》かに　採樵《さいしょう》の語《かた》るを聞《き》けば
二月《にがつ》は已《すで》に　半《なか》ばを減《げん》ずと

唇乾頻思漿
身垢空欲盥
寒熱早早別
血脈混混乱
仄聞採樵語
二月已減半

病んで顔色の悪い面など、鏡で見るにも値しない。ねているうちに、白髪は結《ゆわ》えるくらいに伸びてしまった。唇が乾くから何か飲み物がほしくてならぬし、身は垢づいたから入浴したいが、独り身のねたきり状態では思うにまかせぬ。寒けと高熱が交《こう》互《ご》に襲ってきて、脈は乱れ放題。外で樵人《きこり》が語りあうのを聞くともなく聞けば、二月はもう半ばを過ぎたという。

こういう良寛の状態を思い浮かべると、気の毒でならなくなる。薬もなければ看護する者もなく、センベイぶとんにくるまって、一人で堪え通すしかなかったのだ。

運命がもたらすものには逆らわない

わたしはそれを思うたびに、良寛の生は、寒さにも病気にも飢えにも、すべてに対してふきっさらしの状態にあったことを、あらためて肝《きも》に銘じて思う。これはその生がつねに生死の危機にさらされていたということである。だがそれは良寛がみずから選んだ生であった。当時だって、家族を持つ普通人の生はこれほどに酷ではなかっただろう。

わたしはそれにくらべ、現代人はいかに病の苦からも保護されているかと、そのことをありがたく思うと同時に、しかしわれわれはそれあるがために、一方では生が直接生死にさらされていることはなくなった事実に気づかされるのである。

病院の待合室は老人たちで一杯だ。現代の老人は病は医療で治るものと信じ、医療に頼り、病を生死に直結した問題と考える者は少なかろう。そして病が治れば、自分の生はさらに延びたように感ずる。

医療はもちろん技術も施設も人も、ととのっていた方がいいに決まっている。が、それが人間は生死の問題から免れたかのような錯覚を与えがちだとしたら、それこそ人間の堕落であろう。アメリカが開発した臓器移植などという技術は、人体を機械の部品の如くに扱うもので、わたしには医療科学の傲《おご》りとしか思えない。そこには何か生命の尊厳に対する畏敬の念が欠けている。

その医療の保護下にある現代人にくらべ、良寛の生はちょっとした風邪でも腹下しでも、病はそのまま生死に通じていた。彼はつねに死を意識し、運命がもたらすものは逆らわずに受け取ろうと、覚悟をそのつど新たにしたのであろう。

人に起こりうることはすべて自分にも来る

運命は自分の自由になるものではない。誰かの身に起こることは必ず自分の身にも

雪の蒲原平野で取材中の筆者

起こるのである。だったら、そのもたらすものが何であれ、人は文句をいわず、逆らわず、心静かに受け入れ、それによって動顚《どうてん》したり、我《われ》を失ってさわいだり、嘆き悲しんだりすべきではない。それが正しい人間の態度である。良寛はつねにそう覚悟していたのだとわたしは想像する。だから、そこからあの凄《すご》い言葉が出てきたのだ。

——しかし災難《さいなん》に逢時節《あふじせつ》には、災難に逢《あふ》がよく候。死ぬ時節には、死ぬがよく候。是《これ》ハこれ災難をのがるゝ妙法《みょうほう》にて候。

かしこ

良寛

これこそ人間の運命に対して持つべき心構えを、ずばり一言で言ってのけた比類のない箴言《しんげん》であるとわたしは信ずる。

災難とは何も地震だけとは限らない。人間に襲いかかるあらゆる災厄《さいやく》、禍《わざわ》い、不幸、財産喪失、失業、肉親の病や死、火災、戦火、遭難、ガンやエイズやあらゆる病気など、運命のもたらすものすべてに対して人は、自分だけがなぜ、こんな不幸に遭うのだろうと嘆きさわぐべきではない。人に起こりうることはすべて自分にも来るのだと心得、平常からそれに対し心を定めておくべきだ、と良寛の言葉は言っているのだ。良寛の平安を支えた覚悟の中にはそういう覚悟もあったのだ。これこそ良寛が現代人に与える教えの最たるものであろう。

人間は死を免れることはできない。とは、人間は運命（偶然）のもたらすあらゆる災厄をも免れることはできないということだ。いかに病院の治療が行きとどこうと、人はこの定めを免れることはできない。そのことをつねづねしかと心得ておきなさい、と良寛のこの言葉は語っているのだ。

III 現代人にとって良寛とは

新潟県民文化祭2003「新潟の文化を考えるフォーラム」の会場にて

良寛の五つのメッセージ

中野孝次

このところわたしは、しばらく大勢の人の前で話すという機会がなかったのです。きょうは久しぶりに皆さんの前で話すことになり、皆さんに差し上げる「おみやげの言葉」というものを考えてきました。

現代人と正反対の生き方を通した良寛

良寛についてわたしはこれまでに、『良寛の呼ぶ聲』『良寛に会う旅』（春秋社）、『風の良寛』（集英社）と三冊の本を書いています。ですから、きょう話すこともみなその中にあるんですけれども、わたしはいつもこう思っているんですね。

良寛の不思議なところというのは、きょうも大勢の皆さんがお集まりですが、今の日本には良寛を慕う人が非常に多い。これは日本の七不思議の一つといってもいいくらいです。どうしてかというと、良寛という人は現代のわれわれの生き方とまったく正反対の生き方をした人です。われわれはたとえば、非常にたくさんの物を持っていますが、良寛は何も持っていないんですね。わずかな道具と、粗末な住処《すみか》の庵《いおり》、着物と、それくらい。良寛は何も持っていないといってもいい。

それに比べてわれわれは、あまりにもたくさん物を持っていますね。物を持っているだけじゃなくて、生き方としても、それぞれ計画をたてて、将来いい生活をしようと今を犠牲にしてせっせと働いています。

ところが良寛は毎日が禅の生活で、将来のためにという生き方なぞ全然しない人だった。つねに「今ココニ」を生きている。そういうふうにいろいろ考えると、良寛という人は、今の日本人の生き方とまったく正反対の生き方をした人です。所有も、所属も捨て、ただ一人の人として生きている。

その良寛がどうして今、われわれにとって慕わしく、懐かしく思える人なのか、ということを私は本当に不思議に思ってきました。わたしの書いた良寛の本では、結局その不思議とはどういうことか、を考えるために書いてきたわけです。そこで、今まで考えたことをまとめてみました。

豊かになって大事なものを失った

良寛がわれわれに訴えるという一つの理由は、過去の一九六〇年ごろか一九七〇年ごろから日本は高度経済成長に入って、たくさんの物を作り、物を売り、物を買い、という時代になったのです。この間のことは皆さんが思い出せば分かると思う。みな覚えがあるでしょう。あの当時の日本人というのは物欲のかたまりみたいなもので、物を追い、物を追って止まらなかった。

お隣が大きなテレビを買えば、うちはもっと大きなテレビを買おうとする。その隣が新しい車を買えば、もっとグレードの高い新しい車を買おうというふうに。そのためにカネは欲しがる、もっと物は欲しがる、というような生き方を、日本人はだいたい一九七〇年から一九九一年のバブルが崩壊するときまでやってきたわけです。

だからわれわれの生活は、一見して非常に豊かになった。日本のおよそ二千年の歴史の中でもいちばん物の豊かだった時代ではないかと思います。その豊かになった代わりに何か大事なものの失っちゃったんです。それは何か。その失った何かを、どうも良寛が持っているらしい、ということに気づきはじめたのです。

われわれと反対の側にあったモデルとして

その、人を押しのけて得たいろんな物に囲まれ、そのあとバブルが崩壊した。経済が減退したときに省みると、こんなにたくさんの物があるのに、なぜわれわれは少しも豊かな感じがしないんだと。なぜ安心できないんだと。日本中がまだ何か不安で、もっと欲しがるというような気持ちが抜けきれない。一九九一年から今日までの十二

講演する中野孝次

年間というのはその反省の時期で、その反省の中に良寛という人の生き方が、われわれと反対の側にあったモデルとして浮かび上がってくることになった。

そこでわたしは、皆さんにきょうは良寛というモデル、あるいは模範というものは、われわれに何を訴えるか、というのを五つ考えてきました。これはきょう初めて発表するわけですが、皆さんへの「五つのおみやげ」というふうに考えてもらってもいいのです。

良寛はもちろん自分からは、皆さんこうしなさいよ、なんてことは一切いわない人でした。命令もしないし、説教もしないし、何もしない人でした。だから良寛は、こんなふうにはいっていないのですけれども、わたしが良寛の生涯を通して書いた詩や歌を読み解くと、良寛はこんなふうなことをいっているんだと思うのです。

物欲を捨てよ

第一は「物欲を捨てる」ということです。良寛は実際に家を出てから、生涯どこにも所属しなかった。本当ならばお寺の住職ぐらいになろうとすればなれたが、それもしない。一生を粗末なところに居を借りて住み、その日常生活というのは非常にわずかな物しかない、無所有に徹して自分の欲望というものを、どんどん捨てていった人でした。それで良寛自身は、そういうことを詩の中にうたっています。「欲無ければ一切足《た》り、求むるありて万事窮《ばんじきゅう》す」ということをいっている。実際にこれを生涯にわたってやっています。それはなかなか真似しがたいんだけれども、これは良寛にとって必要なことだった。

というのは、単に「捨てる」のは何のためかというのですが、これはちょっと難しいけれども順を追って話しましょう。宇宙全体には生命というものが満ちあふれている。たとえば命というのは、空中に電磁波がバァーと働いているような状態をいうのですが、その電磁波と同じようなものが宇宙には充ち満ちていると考えるわけです。

それは風を起こし、雨を降らし、水を流す力のもとになるもので、地球の大きなエネルギーのもとはそこから出ている。その大本《おおもと》のものを昔の人は神《かみ》と呼んだ。あるいは仏性《ぶっしょう》と呼んだ。仏さま、あるいは老子のように「道《タオ》」と。そういうものを人間というものは、鳥とか、木とか、獣《けもの》とか、そういうものと同じようにその命を、神であれば神の性質のような「神性《しんせい》」が、人間の中にも生まれつきあるんだと考えた。また本来は、「仏性《ぶっしょう》」というものが人間の中にある。それを輝かせて、ちゃんと生かすのが人間の生涯の務めであると、昔から、二千年も前から賢い人は言ってきたのです。

わたしはこの間、ローマで二千年前に生きたセネカという人の文章を読んで、少し物を書いたのですが、セネカが二千年前に言っていることは、まったくそういうことなんです。人間の心にある神性、それを生かさなければならない。それが幸福になるもとであると。それを磨くのに、物欲というのが妨げになる。物欲が神性を隠してしまい、見えなくしてしまう。だから神性が輝かなくて、互いに争ったり、戦争をしはじめる。そういう心の世界になってしまう。そうならないため、物欲を捨てる。物欲を捨てるというのは、自分の中の仏性、あるいは神性を輝かせるためだ、というのが良寛の考え方だとわたしは思うのです。

今の為に生きよ

それから良寛の教えの二番目は、「今の為に生きよ」ということ。この「今の為に生きよ」ということは、「明日ありと思うな」ということです。それは、いつも我々は自分がいつまでも生きられるような顔をして生きていますが、そんなことはない、明日は無いんです。死というものは常にそこに迫っているということは、日本人は昔から切々と自分に言い聞かせてきた。兼好《けんこう》の『徒然草《つれづれぐさ》』にもそうあるんです。「若きにもよらず、強きにもよらず、思ひかけぬは死期《しご》なり」（第百三十七段）と。今までの長い時間は死のためだということなんですが、死は常にある、明日はない、ということのためにも、今を大事にしなければならないと。

そして、それだけじゃなくて、今のために生きるということは、人間が本当に生きる時間というのは「今ココニ」という時しかないんだということなのです。だから禅の言葉では、「即今《そっこん》」といいますが、"here-now《ヒアーナウ》"だけが本当に人間が生きる時間としてある。だから、時計の時間、暦の時間、そういうものによって生きてはいけない、ということを良寛はいっているのです。

それはわれわれの普通の「時間」の考え方だと、時計の時間とか、暦の時間、カレンダーの月日として出てきます。昨日があり、明日があるというように。だからたとえば、今年は二〇〇三年であると西暦でいう。つまり、時間というのはとんでもない過去からとんでもない未来まで、棒のように、飴《あめ》ん棒のように延びていく、と考えるのが普通の時間の考え方です。

そう考えると、どういうふうになるかというと、たとえばわたしならば一九二五年に生まれて、今年二〇〇三年だからあと二〇〇四年ぐらいに死ぬといったら、そこまでの短い間しか生きられないのか、というふうにしか考えない。はかない。つまらない。そうじゃないんです。自分が「今ココニ」生きている、という時が全部なのです。そして明日はない。過去もない。

それから今、"here-now"という時が、永遠の、さっきいった神とか、仏とか、道《タオ》とか、永遠というものにつながっているわけです。鈴木大拙《すずきだいせつ》は「絶対的な今」(absolute now)といっています。この「今」は、宇宙とつながっていて、永遠につながっていれば、もう全部が成り立っているわけで、ほかに何も要らない。だからそういうふうに生きるというのは、良寛の第二の非常に大きな教えなのです。

ゼロの状態に身を置く訓練をせよ

それから三番目には、今のことと一緒になりますが、「絶えずゼロの状態に身を置く訓練をせよ」ということ。プラスのままに置いてはいけない、ゼロに置く。これはどういうことかというと、良寛の生活を考えれば分かりますが、毎日托鉢に行ってお米をいただく。それでもって暮らしたんですから、常にゼロですね。自分の家は、暖房もなければ、冷房ももちろんない、ゼロです。寒さにも耐え、空腹にも耐える。そういうゼロの状態に置くから、ちょっとしたプラスがありがたい。何か食べ物を恵まれたとか、長い冬が去って春が来るとか、そういうちょっとしたプラスが喜びになる。

思わず熱気がこもる

それには、ゼロの状態に身を置く必要があるんです。

ところが現代の日本人はどうかというと、ゼロに置くことがない。プラスの上にプラスをたんまり重ねる。今の子どもがいちばんいい例です。生まれたときから、まわりに物がたくさんあるから、何でも物を欲しがる。本当の意味での食べることの喜び、食べ物を与えられる喜びというものを知らない。

大人だってそうです。テレビを見てごらんなさい。わたしはテレビはほとんど見ないけど、民放といわずNHKといわず、一日中食い物の番組ばかり放送している。日本人はいつからあんなに卑しくなったのかと思うくらい、やたら食い物の番組が多く、うまいもの、珍しい食い物ばかり見せている。

そういうふうにプラスの上にプラスを重ねたって、味は分かりやしない。「空腹こそ最良の料理」というように、味がよいと感じるのは、何もなくて空腹のときが一番ではないでしょうか。だから「ゼロに身を置け」と。クーラーとか、ケータイとか、テレビとか、生活を快適にするのを制限する。暑さにも耐え、寒さにも耐えて、そこを基本のすみかにする必要がある。「ゼロに身を置く訓練をせよ」なんです。

身を「閑」の中に置け

それから四番目は「身を『閑《かん》』の中に置け」で、閑《ひま》、何もしない状態に置かなくてはいけない。これは非常に重要な教えで、この間、わたしは新潮社から『「閑《かん》」のある生き方』という本を出しました。その中でも同じことを言っていますけれども、人間というのは社会で生きていると、世の中とのつきあいばかり考えるようになる。気持ちが外を向いている。それはどういう働きかというと、外と対応するための人間の能力だけが活発に働いている状態なんです。

ところが人間にはもう一つ、自分の中にある「自然」の部分がある。それは「心」というもので、自分になるためにその「心の声」を聞く必要があるんです。それを聞かない人は自分になれない。だから「身を『閑《かん》』に置け」なんです。

たとえば、座禅は、そのための一つの方法なんです。人間の身体の中で全身を動かしているのは血ですが、この血液だって、人間は自分の自由にできません。人間が自由にできるのは、頭を使って自分の意志で手足を動かしたりとか、身体のおよそ二〇パーセントくらい。あとの身体の中の全部の動きというのは、自然が引き受けてやっていてくれるわけです。早く血液流れよといったって流れやしません。残り八〇パーセントは自分の自由にならない。

それは心身が一つになって活動している人間の大事な部所といっていい。腹の中の胃腸とか、胸の中にある心臓や肺の働きもそうです。その中を流れている「いのち」を感じるためには、外との関係を断って自分ひとりになり、自然の中にこもって、「身を『閑』に置け」というわけです。だから良寛は、ずっと徹底して「閑」にしていたのですね。

自分で考え正しく生きよ

それから最後の五番目は、先ほどの「内なる声を聞け」というのと同じ意味ですが、

「自分が考えて正しいように生きよ」と。世間並みに生きるな、と言いたい。今の日本人はどうかというと、高度経済成長のときから、みんな右へならえで、みんなと同じことをしなければ排除されるような空気が日本全体に充ち満ちていますが、そういうんじゃダメなんです。

だから今、銀行が不祥事《ふしょうじ》を起こしたり、有名な会社があきれるような事件を懲《こ》りもせずに起こしたりしています。そのたびに出てくる経済人とか財界人とか、いろんな人が登場するのを見ると、こんなつまらん連中があの会社をやってきたのかと思う。みんなつまらん顔をしている。独自の顔をしたのが一人もいない。みんな右へならえで、右へならえの中でうまくやってきたのが社長になっているから、独自の考えが何もない。自分の判断でこれがいいか、悪《あ》しいかというものを判断し、そしていいことならやるという勇気を持ってやる、という人が見失われているのではないか。

良寛という人は出雲崎の名主の家に生まれて、その気ならば名主のせがれとして結構な生活を送ることができた。しかし良寛は、自分の「心の声」にしたがって生きようと決心したんです。それで「こころざし」を立てて仏道の修行をした。修行した後も、どこかの寺に所属すれば寺の坊主になって楽ちんになれる道もあったのに、それもならない。ひたすら、ただ自分という人間のままで生きた人だったのです。

この「五つのおみやげ」を、きょうは皆さんにさしあげたいと思っています。

講演する北嶋藤郷

暮らしは低く 思いは高く

北嶋藤郷

ここに持ってきましたのはベストセラーとなった『清貧の思想』（草思社）でありますが、中野先生は良寛についての著書も数冊おありです。さらに雑誌『良寛』（考古堂）や『天上大風』（学研）のエッセイ、あるいは『禅の風』（曹洞宗）での対談「今を生きる良寛」などを拝読し、中野先生と意見が交換できるまたとない機会と喜んでおります。

良寛の生き方とひびきあうソローの生活

近年になって、シンプル・ライフの提唱者たちの「暮らしは貧しく思いは高し」という言葉をよく聞くようになりました。良寛と時代がほとんど重なるイギリスの詩人、W・ワーズワースは、「低く暮らし、高く思う」（Plain living and high thinking）と詩の中に歌っています。

アメリカでもこのシンプル・ライフの追求は、古くピューリタンの時代から一つの伝統をなしています。この「暮らしは貧しく思いは高し」は、彼らの理想であったのです。良寛が六十歳の時に生まれたアメリカの哲学者H・D・ソローは、コンコードの郊外にあるウォールデン池畔の森の中で、自分で小屋を建て、独居の生活を営みました。自由と独立を妨げる人生の要素を一切排除し、人生の根本的な事実のみに直面し、自然が教えてくれるものを自分がどれだけ学び取れるかどうかを確かめる生活実験でありました。

ソローは『森の生活』（講談社学術文庫）という本の中で、「私の人生でないものを生きたくはなかった。生きるということはそれほど貴いのだ」と森の生活の意味づけにふれ、「われわれの人生は瑣末《さまつ》なことによって無駄に費やされている、単純化《シンプリファイ》せよ、単純化《シンプリファイ》せよ」と説いています。

ソローの「市民としての反抗」（Civil Disobedience）は、彼の思想を知るのに一番いい論文であるとわたしは思います。この思想は、ロシアのトルストイや、インドのガンジーなどにも影響を与えました。一九六〇年代から七〇年代にかけてアメリカの機械文明が行きづまり、反体制文化の運動が起こるようになると、その担い手であったアメリカの若者たちの間で、彼の書物はバイブルのように読まれたのです。

自然生活者として、人生を最低の条件まで引き下げたソローの生き方は、わたしは五合庵時代の良寛の生活にも呼応するものがあるように思います。

山《やま》かげの岩間《いはま》を伝《つた》ふ苔水《こけみづ》の
かすかに我《われ》はすみわたるかも

これは五合庵時代と推定される良寛の和歌ですが、大自然の中で生かされている彼の生活全体が見えてくる名歌ではありませんか。歌の意味は「山かげの岩の間からしみだす苔水のように、かすかに自分はこの世の日々をすごしているよ」というのです。しがらみの多い俗世を離れて、自由に、気ままに、心の世界にのみ優游《ゆうゆう》と生きた、良寛の原風景を垣間みることができる歌であります。

心の世界でのみ生きるのが生涯のテーマ

同じ時期に、良寛の人生観を明確に示したものとして次の漢詩をよみました。これは、俗世の煩《わずら》わしさを避け、自由人としての志を高く揚げ、欲望をとりはらって清貧に生きていこうという覚悟が示されています。

……………

無欲一切足
有求万事窮

欲《よく》無《な》ければ　一切《いっさい》足《た》り
求《もと》むる有《あ》れば　万事《ばんじ》窮《きわ》まる

……………

独往《どくおう》して　麋鹿《びろく》を伴《とも》とし　独往伴麋鹿
高歌《こうか》して　村童《そんどう》に和《わ》す　高歌和村童

欲が無ければ、あらゆることに満ち足りる思いになるが、欲を出すと何事においてもうまく行かず、苦しい思いをする。…独りであるから、自由に出かけて鹿を連れとし、大きな声で村の子どもたちの歌声に合わせる。

江戸時代の豪雪地帯であった越後の冬は、鈴木牧之《すずきぼくし》の『北越雪譜《ほくえつせっぷ》』にも記されているとおりでありますが、良寛にとって五合庵の冬ごもりは、いかに厳しくつらいものであったか想像すらできません。これを「雪は五合庵を覆って一個の繭《まゆ》たらしめる。そして繭の中にひっそりとひとり『無能』の人を置く」と書いた歌びと上田三四二《うえだみよじ》がいます。純白な雪と墨染めの衣の黒と、白と黒とのコントラストは見事な表現です。「無能」とは「働きがない」という意味で、良寛詩にある「無能飽酔《むのうほうすい》す太平《たいへい》の春《はる》」からの引用でしょう。
良寛は自嘲をまじえて「無能」の語を用いますが、これは明らかに謙遜《けんそん》しています。目に見えない心の世界でのみ生きることが、良寛の生涯のテーマでありましたから、良寛は田を耕して稲を作ることはしませんでした。しかし、実りの秋を心から喜び、黙々と稲を刈る年老いた農夫への感謝と同時に、「無能」への自責の念が読み取れる次のような歌も残されています。

秋《あき》の雨《あめ》の日《ひ》に日に降《ふ》るにあしびきの
山田《やまだ》の小父《おぢ》は奥手刈《おくてか》るらむ

良寛は春の到来をどんなに待ちわびていたか、そして子どもたちと再会することを、どんなに楽しみにしていたか、次の「乞食《こつじき》」という漢詩を見れば明らかです。

十字街頭《じゅうじがいとう》　食《じき》を乞《こ》い了《お》わり
八幡宮辺《はちまんぐうへん》　方《まさ》に徘徊《はいかい》す
児童相見《じどうあいみ》て　共《とも》に相語《あいかた》る
去年《きょねん》の痴僧《ちそう》　今又来《いままたき》たると

十字街頭乞食了
八幡宮辺方徘徊
児童相見共相語
去年痴僧今又来

賑《にぎ》やかな町のほとりでの施《ほどこ》しを求め終わって、ちょうど八幡宮のあたりをぶらぶらしていた。すると子どもたちがお互いに顔を見合わせ、言いかわしている。去年この町に来ていた変わり者の坊さんが、今年もまたやって来ているぞ、と。

詩の舞台は三条か与板といわれていますが、場所を特定しなくとも鑑賞できるものです。その日の托鉢はすでに終わり、頭陀袋《ずだぶくろ》は満ちています。おまけに、気のいい山田家の女中およしさんから振る舞い酒を頂戴しているかもしれませんね。

それでも良寛は上機嫌で、そこから立ち去り帰る気になれない。そう、子どもたちにまだ会っていないのです。それで八幡宮の界隈《かいわい》をいつまでもうろうろして、子どもたちに見つかります。この仕切りが、良寛にとって春の始まり、といえるものなのです。子どもたちは、自然界（国上山《くがみやま》）に属している良寛と、人間界（世間）を結ぶ大切な役割を果たしているのです。

ボランティア活動の先駆者だった

良寛は、子どもたちとただ遊び暮らしていたわけではないのです。当時は義務教育制度や保育園もまだ無い時代ですから、時には字を教え、数の手ほどきもしました。親は安心して、子どもを良寛に託したのです。そこで良寛を、日本の保育所長第一号にかぞえる人もいます。

また良寛は、托鉢に回ってお爺さんやお婆さんの愚痴《ぐち》話に耳を傾けたのです。これは聴問《ちょうもん》介護といって、まさしくボランティア活動の先駆者と見てよいでしょう。解良《けら》栄重《よししげ》の『良寛禅師奇話』には「又《また》能《よ》ク按摩《あんま》シ、又灸《きゅう》をスフ」（第二十二段）と書かれてい

慎重に語る北嶋藤郷

ます。肩こりや腰痛など、良寛が施すお灸やマッサージによって回復した幸せな村人もいました。良寛は老人介護の務めも引き受けていたのです。

歌人の吉野秀雄は「良寛和尚讃称」の中で、次のような短歌を詠んでいます。

蚊帳《かや》の外《と》に片足延べて生きの血を
　夜さ夜さ庵《いほ》の蚊に施しき

これこそまさに、日本の献血者第一号だとする人もいます。また良寛は六十九歳で国上山をおりて、島崎の里の木村家に身を寄せます。これは「高齢者福祉制度」の先取りであるかもしれません。

自ら実践行に徹した人

良寛は出雲崎の町名主の長男として生まれ、紆《う》余曲折《よきょくせつ》ののち二十二歳で出家得度《しゅっけとくど》。

備中玉島の曹洞宗円通寺におもむき、大忍国仙《だいにんこくせん》のもとで十二年間、きびしい修行をしました。若き日の良寛は、実践より理論の人であったと考えられます。ある日、良寛は「いかなるかこれ、和尚の家風」（師よ、第一の訓《おし》えは何ですか）と問いを発します。師の国仙は「一に石を曳《ひ》き、二に土を搬《はこ》ぶ」と説き、修行の根本は労働であることを良寛に教えています。

国仙から「印可《いんか》の偈《げ》」（修了証書）を授けられたのが三十三歳です。それから良寛の諸国行脚《あんぎゃ》の時代が始まりますが、土佐滞在や長崎での清《しん》国への渡航失敗説などがありますす。この時代の良寛の遍歴修行の記録は残されていませんので、詳しいことはわかりません。しかし、この空白の時代の良寛の動きに、壮大なロマンを感じさせるものがありますね。

良寛の時代は近世幕末期にあたり、キリシタン禁制のための寺請檀家《てらうけだんか》制度による、仏教の過保護と堕落の時代でありました。仏教のあるべき姿にこだわる良寛の抵抗精神が、寺を本拠としない「僧に非《あら》ず、俗に非ず」（非僧非俗）のスタンスを取らせ、名利《みょうり》に近づかず、生涯清貧の姿勢を貫くことになったのです。良寛は説教で人々を説くのではなく、自ら実践行に徹した人でありました。

良寛の烈々たる批判精神は、「僧伽《そうぎゃ》」という五十二句の詩の中に詠み込まれています。同門の若い僧侶に対して修行の心得を説いたのではないでしょうか。

縦《たと》い　乳虎《にゅうこ》の隊《むれ》に入《い》るとも　縦入乳虎隊
名利《みょうり》の路《みち》を　践《ふ》むこと勿《なか》れ　勿践名利路
名利　わずかに心に入らば　名利纔入心
海水もまた　澍《そそ》ぎ難《がた》し　海水亦難澍

この一節は、この世でもっとも恐ろしいものは、名利を求める心である、と強い調子で戒めていますね。

誠実味あふれる人間性を内蔵

良寛の書や詩歌などの芸術はたしかに秀逸でありますが、良寛の人間性や宗教性はその上を行くものであります。いわゆる「山中独居《どっきょ》」や「只管打座《しかんたざ》」とか「托鉢行脚《たくはつあんぎゃ》」の戒律を、わが国の禅僧の誰よりも厳しく実践したのは良寛ではないでしょうか。

そして良寛の最大の関心事は、実践によって仏法をさし示すことと「衆生済度《しゅじょうさいど》」（万民の救済）であったことは間違いありません。権勢や企みから遠く離れ、財産や名誉などの人心をまどわすすべての欲望を捨て去ったのです、無一物《むいちもつ》の良寛は、現代人が忘れ去ろうとしている清らかで美しい心、人に対する思いやり、誠実味あふれる人間性をじつに豊かに内蔵していました。良寛は限られた詩友の結社によらず、広く開かれた階層の風雅の友として、詩歌や書などの芸術を頒《わ》け与えながら優游《ゆうゆう》とした人生を送ったのです。

人生の実りの季節ともいうべき最晩年には、貞心《ていしん》という四十歳も年若い尼さんが訪ねてきて、その最期を看取《みと》ることになります。うら若い尼僧の胸をときめかすだけの魅力を、老僧になっても良寛は持ち合わせていたのでしょう。

高度経済成長を達成した後で

二十世紀は「ひたすら所有価値を追求した戦争の世紀」であった、とよく言われます。日本は資源を確保するという大義のもとで、戦争という手段に訴えましたが、惨敗しました。苦難から再出発して五十八年、日本人は「敗北を抱きしめて」(embracing defeat)、今までとは異なる手段で経済成長を追求したのです。

欧米人からは、兎小屋に住み、働き蜂のように働くエコノミック・アニマルである、とまで言われ、冷ややかな目で見られたりしましたが、高度経済成長を達成し、立派な成功を収めたかに見えたのです。しかしその結果、バブルは崩壊し、その上に自然環境の破壊まで招きました。一九九一年にバブルがはじけてみると、あの物欲にしがみついた集団的な熱狂の四十五年間は何であったのか、と思わざるを得ません。暮らし向きはたしかに豊かになりましたが、一方で心のほうは貧しい時代になってしまい

フォーラムの演壇（左から司会の近藤京子・中野孝次・北嶋藤郷）

ました。

こうした状況だからこそ、「所有価値」（to have）から「存在価値」（to be）へと軸足を移すべき価値観の変換期がやって来ています。この「存在価値」とは「所有価値」に対置されるべき考え方で、物を獲得する競争から一転して、人間や自然をあるがままに認めて受け入れることに価値を見出す思想であります。

わたしが勤める大学の学生一〇〇人に「良寛さんアンケート」を配布して答えてもらいました。その中の「あなたにとって、良寛さんとは何か？」という項目の一つの回答をここでご紹介します。

それは「何も持たず、何もこだわらない。あるがままを受け入れ、すべてに感謝する。今ここにあるものを大切にし、慈しんで生きることの素晴らしさを良寛は教えてくれたような気がする。『飽食の時代』と言われる現代では、何が大切で、何が必要なのか、もはや自分でも分からなくなっている。そんな時代だからこそ、良寛さんの思想や行動に感銘を受ける人が多いのだろう。彼こそは、私たちが忘れていたものを思い出させてくれる。人や物や情報であふれかえっている社会で育った私たちに、本当に必要なものは何かを教えてくれる存在だ。それと同時に、昔の人々がどんな暮らしをして、どんな人づきあいがあったか、などを良寛さんを通して知ることができる。人と人とのつながりが、どんなに温かいものかを感じることができる。私は、今の若者や子どもたちに、良寛さんの生き方を知って、感じてほしいと思う。同じ越後の空気を吸って、実在した人だからこそ、説得力があるのだ。そして、自分と同じ土地に良寛さんという人物が生きていたことを誇りに思う」と、要約するとこうです。

良寛はこれからの時代の指針として

良寛の生き方と考え方は、わたくしたちから見ますと「ユニークの中のユニーク」といえるものであります。しかし、今こそ良寛を「二十一世紀の賢者」として中央に押し出して行くべきであろう、と考えるものです。すべてのこだわりを捨てた、良寛の無一物の生き方は、現代人のそれとは対極にあり、とうてい真似などできるものではありません。しかしわたしたちの心の持ち方を良寛に学ぶことは、けっして不可能なことではありません。現代の良寛ブームにのって、地球に名をあらわす〈地球時代の良寛〉になってほしいと念願するものであります。

日本は「和」の精神に深く支配された文化をもつ社会である、と言われます。しかし良寛没後の日本は、近代化によって得たものも大きかったが、同時に失ったものも計り知れないほど大きかったように思います。わたしたちは、注意深く良寛の言葉に耳を傾け、良寛から先端的な未来メッセージを読み解き、これからの世代をになう若い人々に伝えていくのが、今ここに縁あって一堂に集まった地球市民の使命ではないでしょうか。

二十世紀の後半が物資的繁栄をひたすら追求した世紀であったとすれば、二十一世紀は心の充実を求める世紀になる、であろうと思います。良寛が示した生き方と考え方のモデルは、決して過去のものではありません。むしろ、これからの時代の指針であるように思えるのです。学校や社会教育における「総合の学習」や「生涯教育」の場面においても、わたしたちが良寛から見習うべきものはじつに多いと確信するものであります。

ひとりの人間として生きる

中野孝次
北嶋藤郷

――お二方の経歴を拝見いたしますと、中野先生はドイツ文学者で、北嶋先生は英米文学者という、全然フィールド違いのお二人がなぜ良寛さんに惹かれるようになったのでしょうか。

なぜ良寛に惹かれるのか

中野　外国の文学を読んだ目で日本の古典を読んでみようという体験を意識的にやろうとしたのが、そのはじまりです。そうすると、国文学者が日本の古典を読むのとはいろいろな角度から違いが出るのではないか。そういうふうにしてわたしは日本の古典を一から読んだのです。『徒然草』から、『方丈記』であるとか、道元とか、良寛とかをですね。

東洋の知恵というか、東洋の文化というものと西洋のものとはちょっと違う。いや根本的に違うといってもいい。東洋のは、たとえば「無」ですが、西洋の「有」に対して「無」を持ってくる。持たないことを無所有というんです。よく老子がいっています。それから、人と合わせるというよりも、退《しりぞ》いて自然の中で生きるというようなことを日本ではしている。西洋では自然は征服するものと考える。一方、木とか鳥とか獣だって自分は同じだ、という考え方が日本をふくむ東洋の考え方です。

そういう東洋の文化というのは、結局ひとことでいうと、西洋のといちばん違うのは、西洋は主観と客観とが分離するところからできている。自然というのは客観的なものであって、自分の向こうにあると。だからそれを分析して、認識するというのが西洋の考え方。そのために科学という学問が発達したわけです。東洋は逆に主観と客観の差を無くしていく、そして大本《おおもと》の一つ、「一《いち》」というところに行く。老子もそうですし、それから良寛もそうです。「一」というのはつまり、自分の世界であってしかも宇宙と一つになったところ、鳥もみんなが一つの命として生きているところです。それを大事にしていく。それを知るのは頭（マインド）の働きじゃなくて、ハート（心）の働きによるのだと。

――そういう認識は、おいくつくらいの時ですか？

中野　もっと若いうちに知っておきたかったが、五十、六十歳すぎてからです。若いうちは頭で知ってても分かんないですよ（笑い）。若いうちは他との競争心が非常に強く働くから、人と争ったり、やはりこれがあるうちはしょうがない。

良寛という人は、まったく争うということがなかった。争わない人でした。その良寛のことで、わたしがいちばん驚いたのは、良寛が長い放浪生活から越後に帰ってきて、郷本《ごうもと》の漁師の塩焼き小屋に住んだ時の話がある。そこから良寛が托鉢に出回って、いただいてきたその日食べるものをほかの乞食にあげちゃうとか、着る物を誰かにやってしまう。そういうような生活をして、しかも中では座禅をしたり、詩を書いたりと非常に高雅な生き方だというふうに皆が感心した。

ところが、良寛の塩焼き小屋が焼けちゃったんですね。そしたら「あの乞食坊主がやったに決まっている」といって、良寛を捕《つか》まえてきて、みんなで砂の中に埋めようとした。良寛は何をされても、なすがまま抗《あらが》わない。そこへ医者が来て、何だこれはと。わたしが酒代を出すからここは勘弁してやってくれ、と良寛を助ける。あとで良寛に「どうしてあんたは逆らわない？」と尋ねたところ、良寛は「どうしようば」と答えた。自分が犯人だと思い込んでいる人に向かって抗弁しても仕方がないという。徹底した無抵抗です。

良寛は一生涯そうなんですね。子どもたちと一緒に毬《まり》つきをして、そういうふうに大人が子どもと一緒に遊んでいる。それを以前から見てて、苦々《にがにが》しく思っていた農民が通りかかり、「お前さんは何でそんなことをしているんだ」と尋ねたが、良寛は頭を垂れたまま答えない。そこが面白い。何も抵抗しない。分かる人には分かる。分からない人には分からない。そういう世界に良寛は生きていたという話です。

――同じように、英米文学者である北嶋先生が、良寛さんに惹かれるというのは、どんなところでしょうか。

北嶋　いま中野先生があげられた、郷本の空庵時代に小越仲珉《こごしちゅうみん》という医者に助けられた時、良寛さんが「どうしようば」と答えた無抵抗主義の逸話はわたしも好きなんです。さきほどわたしが述べたガンジーの非暴力主義や非暴力の直接行動主義に立ち、公民権運動を指導したキング牧師にもつながっているように思います。

人間の生まれ育った故郷は心の原点でありますし、わたしは佐渡の南部郷の出身なものですから、良寛さんとは地縁《ちえん》があると思っています。幼い日の記憶をたどれば、祖母が糸縒《より》ぐるまをまわす横にちょこんと座って、良寛の逸話や和歌を聞いたことを覚えています。「良寛の歌は格調が高く、しらべは豊かで読む者の心を澄ませる」と貞心尼は書いていますね。そのとおりだと思います。声に出して読み、耳で聞き、心で捉える。そういうふうにしているうち、良寛さんの歌の魅力にとりつかれたような気がします。良寛さんの詩歌は、外国人にも通じる魅力と包容力を持っています。

それで、今月になってから思い立って、良寛の母の故郷の相川を訪れました。「良寛の母の碑」を拝み、「たらちねの母が形見と朝夕に 佐渡の島べをうち見つるかも」という歌を口ずさんでいるうちに、「良寛さんは、母の実家を訪ねたことがあったのではなかろうか?」と思ったのです。その時期というのは、名高い「鰈《かれい》の逸話」のある幼少の頃ではないかと推測しました。

さらにもう一つ。わたしはふだん忙しくしていまして、一切の諸縁を放下《ほうげ》することもかなわず、アメリカの文学と文化の底辺を駆け巡っている一英学徒であります。いったん外国文学をくぐり抜けてみて、気がつけば自分は日本人としてのアイデンティティ（identity）つまり「自己証明」とは何であるのか、己れの精神のよって立つものは何か、よくわからなくなってきている。自らのアイデンティティの確立を約束してくれる帰属すべき場所とは、自分が生まれ育った越後の地という、まぎれもない現実があります。そのあたりに、良寛さんに惹きつけられた理由があるような気がします。

実際にわたしが良寛さんを本格的に勉強しだしたのは、中野先生の『清貧の思想』という、エポックメーキングな名著に触れたことが直接の契機になったのです。

物欲を捨てられるか

――中野先生は先ほど、良寛さんに学ぶべき五つのポイントをお話くださったのですが、たしかにそうだなと思いながら、はたして自分にできるかどうか。まず「物欲を捨てよ」とはいうものの、やっぱり人よりも良い物が欲しいのですが。

中野　若いうちはそうでしょう。わたしも五十歳くらいまではそうでした。人間は二十代で社会に出る当初は、物を持たないから物が欲しい。生活する上でも下宿するにしても、何でも物が欲しいから始まって、背広も必要だし、無いから物が一番なわけです。わたしくらいの年になると、もう何でもあるが、今の日本人は物を持ちすぎていると思う。

昔の日本人の生活は二間《ま》か三間しか無くとも、朝になればフトンを畳《たた》んで押入れにしまってガラッと閉めて、食事のときはちゃぶ台を出して食器を出して、終われば全部かたづけるんだから、何もない状態にあった。

ところが戦後、地方と都会を問わずアメリカ化してしまい、寝室はベッドになった。だいたいわたしは、ベッドなんてもので寝るやつの気が知れない（笑い）。食堂はみな、田舎も都会も食卓で、イス式になった。客間にはソファーがある。みんな家具で詰まった状態になった。詰まっていては他に使い道はない。昔の日本の生活になかったスタイルになってきた。もっと簡素な生活にすべきなのに、これは堕落ですよ。

エコロジーな生活っていったって、今どこの家をのぞいても食器棚の中は食器でいっぱい。クローゼットを見れば、着る物がいっぱいある。それだけ普段こんなに必要かと思って調べれば、必要でない物がほとんど。これはいかに無駄に物を持ちすぎてるかということです。物を持つより、捨てることを今度は学ばなければならない。良寛は捨てることで対応する。全部捨てる。わたしは今どんどん捨てていますが、なかなか捨てられない。それで、時おり思い切って捨てることにしている。

――何が捨てられないですか？

中野　本は捨てられないんです、なかなか。それから、わたしはベッドでは寝ないんです。ベッドというのは良くない。畳の上に板を引いて、板の上で寝ています（笑い）。これは「西式健康法」といって、板のほうが良いという。いちばん良くないのは、柔らかいフワフワのベッドで、尻が落ちるから、それが腰痛の元になる。板の上で寝ていれば夜の間にきちんと収まる。だから腰が痛くなくなる。良寛のようにせんべい布団で板の上に寝てれば、身体には良いに決まっているわけです。

――良寛さんの場合はそうするしかなかったとして、中野先生の場合は敢えてそれを意識して？

中野　それは良寛に学んだところもあります（笑い）。それから、皆さんはどんな枕を使っていらっしゃるか。わたしは丸太棒を二つに切ったやつなんですが、これを首の下に置いて寝ると非常にいい。先ほどは二千年前のローマの哲人セネカの話をしましたけど、セネカというのは当時のローマでいちばんの金持ちと言われたくらいの人なんだけど、この人のベッドは板だった。そして、木の枕だったと知って、わたしは本当に気に入ったね（笑い）。

――あのー、それって、ゼロの生活の訓練なんですか？

中野　訓練になると思うね。安楽っていうものは求めだしたらきりがない。それは決して身体にも心にも良くない。むしろ、板の上に寝て、木の枕というぐあいにしたほうが身体にいいと思う。同じように、日ごろの食い物も、肉だとか加工食品ばかり食ってたらいいわけはない。粗食が良いんです。良寛はむろん一生を通じて粗食だったでしょう。

それから、これもまたアメリカの悪口を言って北嶋さんに悪いんだけど（笑い）、戦後の日本に入ってきたもので、アメリカから来たものはみんな良くないね（笑い）。たとえば、スーパーマーケット、新潟県にも大型店がいろいろあるでしょう。それと、マクドナルド（笑い）。これなんか悪い肉のかたまりみたいなものを食って、身体にいいわけはない。アメリカ人はあれで何百キログラムにも太っちゃって、アメリカでもマクドナルドは良くないという本が出る始末だ。マクドナルド、ファーストフード、コンビニエンス・ストア、もうどれ一つとして人間のためにいいわけがない。コンビニエンス・ストアなんて、これができたときわたしはすぐに無くなっちゃうだろうと思ったら、はやっているというのだから、やんなっちゃうね（笑い）。

——ゼロに身を置く生活の訓練ということで、食べ物の話が出ました。やっぱり「飽食」は人間をダメにする？

中野　飽食はダメだと思うね。岩波新書で、英国へ留学した慶応大学の池田潔という先生の書いた『自由と規律——イギリスの学校生活』という本は、英国のパブリック・スクールでの話です。パブリック・スクールというのは、貴族とか富裕な家の子弟ばっかりが来る全寮制の学校なんです。ここで何をするかというと、おそろしく飯がまずいんだ。それでベッドは固い。そしてそのベッドは毛布一枚。風は吹きっさらし。寮にいるあいだ、六年間そういうふうなひどい生活をさせるわけです。

また、授業は頭を使う授業じゃなくて、身体を動かすとか、そういうふうなことを訓練させる。それでも、腹がへるからまずくても食う（笑い）。良家の子弟は自分の家で贅沢《ぜいたく》なものばかり食っているから、初めは食えない。ところがそれで慣れていくうちにだんだん身体を作っていくんですね。それが人間を作る、という考え方なんです。これを経験させる。それがゼロに身を置く訓練なんだ。敢えてそういうことを、親も当然知っていてやらせている。

——ライオンが仔を千尋《せんじん》の谷に落とすような訓練ですね。

中野 そうそう。それでわたしは、この間セネカを読んでいたら、セネカも「息子には楽をさせてはいけない」と同じことを言っている。子どもは質素な生活から教えなければならないのに、今の日本人は子どもを少し甘やかしすぎている。だから、セネカのすすめで、子どもに時々、定期的に一週間なら一週間に限って粗末な食事をさせ、粗末な寝床に寝かせ、粗末な着物を着て、規則正しい生活をさせろというふうにセネカは言っている。それがやっぱり、ゼロに身を置く訓練ですね。日本もそうしたらいいと思う。今の日本の子どもは、最初から周りに食い物があって、ゼロの状態を知らない。だから、腹が減ってつらいということを訓練させせないと。

――子どもを訓練させる前に、その親も訓練させなくてはならないし、さらにその甘いおじいちゃん、おばあちゃんにも訓練が必要になってきますね（笑い）。

中野　そうなったのは、戦後の長年の大きな錯覚の一つでもある。つまり、子どもに不自由をさせたくない、だから与えることがいいことだという考えが親の側にはある。子どもがのどが渇いたらすぐにジュースを買って与えようとする。腹が減ったといえばすぐに買って食わせる。おもちゃも買ってと言われれば買ってやる。与えることがいいことで、それが親にできるという自負もある。そんな考え方だから、子どもがダメになるんですね。

――親もよほどの自制心をもって「自分が考えて正しく生きる」ように自分の価値観をしっかりさせないと。

中野　貧しかった時代の名残のように、子どもの時から与えることが幸福にする術《すべ》だ、という考え方をあらためなくてはいけない。与えないことが幸福にする、ということもありうるんだから、我慢することを訓練して教えなくてはならないと思う。

――最近では、友だちが持っているのに自分は持ってないといじめられるというこ
とがあるようですが？

中野　今の学校の事情は、小学校でとくにひどいようですね。授業中にじっと座っ
ていなくて、教室をうろうろと歩き回る子どもがふえてきた。わたしは碁《ご》を打つから、
今の子どもたちに碁の打ち方を教えようとすると、同じところに十分と座っていられ
ない。十分たつと、立ってどこかへ行ってしまう。わたしは叱りたいけれど、叱って
もしょうがないからそのまま手の打ちようもない。いやになって二、三回でやめてし
まったことがある。今の子はほんとうに我慢というのを知らない。これは親の側に問
題があると思ったね。

空腹こそ一番の料理人である

――親の世代と、さらにその親の世代に、この良寛さんの五つの教えをぜひ聞いて

もらうことが、これからの日本の歴史を新たに作っていく方向につながるでしょうか？

中野　先ほど、北嶋先生が取り上げた良寛詩の「欲無ければ一切足り…」の内容と同じことを、アンゲルス・シレジウスというドイツの十七世紀の詩人がこういうふうに言っているんです。「足ることを知っている者は、すべてを持っているのだ。欲深く求める者は、どんなに多くのものを得ても、まだまだ足りないと思うのである」と。良寛とまったく同じでしょ。それから、エピクロス。この人は二千年前の哲学者ですが、そのまま同じことを言っている。世界中の賢者が「足ることを知る」ということが大事だと言っている。老子の中に「足るを知る者は富む」とある。足るを知るということが、いちばん最初なんです。

――「足るを知る」とは、つまりは自分の分の分をわきまえるということですか？

中野　いや「分をわきまえる」とはちがう。「分をわきまえる」というのは、封建時代に身分の高低の差があった、そこをわきまえよってことで原則がちがう。「足るを知る」ということはつまり、今お腹《なか》がすいたとき何かいただいた、それだけで十分に満足する。ありがたいと思うことなんです。それから何度もいうけれど、自分の持っている物で十分だと考えることで、身分ということに関係がない。所有にかかわる考え方で、足るを知らなければいくらでも欲しがるが、足るを知れば持っている物で十分だから欲しがらない。

——それが今のわたしに欠けたところで、明日デパートの特売広告が入ってきたら、目の色が変わって走っていくのかも（笑い）。

中野 そう。「足るを知る」ということはね、物ならば「今ある物で満足する」ということですね。ところが競争心というものが人間にはあるから、隣のやつが良い物を持っていれば、こっちはもっと良い物を持ちたいという欲望がうごめく。そんな良い物を持っていれば、自分のほうが優越したいと思う気持ちは必ずわたしにもある。女性は特にあるでしょう（笑い）。ルイヴィトンのバッグを持ったってしょうがない（笑い）。別に偉くなったわけじゃない。隣の人がルイヴィトンなら自分も持ちたい、エル

熱心に聞き入る聴衆

メスならエルメスをという競争心のなせる現象にすぎない。

――それを捨てて「今のために生きよ」というのは、時間の観念なのかどうか、その結びつきがよくわからないのですが。

中野　時間の観念といいますけどね、もっと率直に言いますと、今日、今このようにして皆さんがいて、われわれがここにいるんですけれども、これが「今ココニ」ですよ。これが人生の全部そのものということです。

――お茶の世界では「一期一会《いちごいちえ》」というのをよく言われますが。

中野　それは結局、今日こういうところでも音を録音するとか、画像を撮《と》るとかするでしょう。それで、後で聞けばいいからって、今これを一生懸命聞いたり、話したりしようとしない。つまり、ビデオかなんかで「リピート」するという考えがはやっているのです。ところが人生に、リピートってないんだ。だから「無い」と考えるのが一期一会なんですよ。それに徹底する。今を徹底して生きるということ。

――たとえば良寛さんの詩の中にも、時間の観念だとか、それからいま自分がここにいるというような詩もたくさんあるでしょう?

中野　このあたりのお話は、北嶋先生におねがいします。

北嶋　先ほどからのお話では、今の子どもたちはゼロを知らないと。飽食の時代ですから、「空腹こそ一番の料理人である」ということはまったく知らない子どもたちで、ゼロに身を置く訓練というのは非常に大切である、ということですね。

また、中野先生がさっきおっしゃったように、杵《きね》を二つに割ったような枕を使ったり、板を引いて寝るとか、テレビも見ないで早く寝て早く起きてという生活。そして犬の散歩をする時に太陽が昇ると足を止め、柏手《かしわで》を打つ。そういう先生の生活自体が「今良寛さん」みたいな生活だという気がします。

家の中でも先生はスリッパじゃなくて、草履がお好きだとおっしゃってますね。とにかく、なんでもないごく当たり前のことを、ありがたいというふうに感ずるためには、身をゼロの地点に置くという必要がある。ゼロという欠乏の中にあって初めて、ひとかけらの食べ物、そういうものが大変ありがたく思えるし、感謝の気持ちがわいてくるのです。ですから「身をゼロに置く訓練」というのが、中野先生の「五つの提言」の中でもわたしはいちばん大切なことかなと考えます。

良寛さんの漢詩で、時間の観念にふれたものは、哲学に関するもので難しいですが、時間観がはっきり示されている「過去は已《すで》に過去、未来はなお未来」（過去已過去、未来尚未来）で始まる詩などがあります。具体的なものとしては、「夜雨《やう》」と題した詩に、「一《いち》夢《む》の中《うち》」（一夢中）という表現があります。また、別の詩に「ひとたび回首《かいしゅ》すれば」（一回首）とも言っていますから、昔を振り返ると想い出が今ここに、たちどころに湧いてくるのでしょう。

中野先生のご著書『良寛の呼ぶ聲』（春秋社）には、哲学的な良寛詩の「我が生何処《いずこ》より来《きた》り、去って何処にか之《ゆ》く」（我生何処来、去而何処之）が引かれています。また、『風の良寛』（集英社）の「天真に任す」の章に、良寛の生涯全体に対する哲学的な思索への問いかけが見事に描写されています。そのあたりに、さきほどの時間の観念に関する問いにつながるものがあるのではないでしょうか。

身を「閑」に置け

——先ほどの五つの話ですと、二つ目の「今のために生きる」というのは、今の時を大切にするということになるのでしょうか。

中野　「時を大切にする」というのとは、ちょっと違うんだけどね、「今ここにしか生きる時間はない」ということ。人生にリピートは無いっていうことと同じです。だから昔の言葉にあったように、「私が貴方を見、貴方が私を見、こういうふうに会っているときが、この中が一つの会うということだ」となるんです。本当にそうで、リピートはダメなんだよ。だからわたしは、テレビっていうのを一切見ないことにしているのは、その理由がある。

——かつてテレビ局に身を置いたわたしとしては何とも申し上げにくい話です。

中野　初めの頃のテレビは、新しい未知の世界を紹介するということでは非常に有益だった。今はお笑い番組であれ、なんであれ非常に下等になるばかり。どうかすると食い物の番組ばかりで、日本のテレビっていうのは下劣の極《きわ》みで本当にくだらなくなってしまった（笑い）。

とくにＮＨＫっていうのも堕落した。時代小説のテレビ化も二十年前までは見ていた。つい四、五年前かな、わたしは藤沢周平《ふじさわしゅうへい》という小説家が好きで、藤沢周平の小説がテレビ化するというから、いつもは七時に寝るのを八時まで起きて見たんだ。そうしたら、これが実にくだらない。昔の事なのに全然間違って平気なんだよ。今はますますひどくなっている。大河ドラマ「武蔵」なんてのは最低だった（笑い）。あれは現代劇の、しかもどんちゃん騒ぎで、宮本武蔵じゃないんだな。

――やはり右へならえで、それでも人が見ているものを見なくちゃいけないというふうに「自分の判断」を放棄している？

中野　それが無くなってきているわけ。テレビの視聴率なんてものがある。あれがテレビの堕落した元凶だね。

――中野先生はテレビはご覧にならず、夜は早くお休みになって…。

中野　ケータイを持たず、電話に出ず（笑い）。テレビを見ず。パソコンを持たず。そういうものが何もないし、必要がない。それから、わが家にはクーラーもない（笑い）。なにしろ夜は七時に寝ちゃうんだから。朝は四時か五時に起きるから、とてもテレビに付き合ってられない。わたしの友達に、「貴方は何時に寝るんだ」なんて聞くと、十一時半くらいに寝ているという。それまで何しているかと聞くと、たいていはテレビを見ていることがわかった（笑い）。

――同じ時間を使うのであれば、もっといろいろなことができるというのですか？

中野　いや、そうではない。つまり、「何もしない」ということは上等な状態である、このことを学ぶのは大変なことなんだ。「身を『閑』に置け」っていうことだね。何もしない状態は、みんな退屈と思うようだが、それが退屈なうちはダメなんだな。

――え、でも退屈ですよ。

中野　それはね、修行というのはそこなんだな。やっぱり人間はね、幸福になるためには修行しなくちゃならない。心の訓練をしなくちゃならない。それは、静かに身を置いて、鳥の声や風の音を聞く、自然と自分が一緒になってれば退屈するどころではない。命というもののありがたさが分かる。それは、自分がもうすぐ消えていくものであるというような、死んでいくものであるというような自覚を常に持っていれば、今生きているということが非常にありがたく感じる。いつまでも生きられると思うから退屈に感じるんだな。

――でも、わたしは中野先生よりまだちょっと若いんで、そんなに目の前に、「人間はいずれ逝《い》くんだよ」と言われても、まだまだ先のような気がします。その時に備えて、準備はしとかなくちゃいけないんですか？

中野　そういうことですよ（笑い）。

北嶋　二か月前に発刊されたばかりの先生の『「閑」のある生き方』（新潮社）の中に、「人は「閑」の中でのみ自分の人生を生きることができる」と書かれていますね。中野先生がさきほどおっしゃった「今ココニ」っていう概念は、たとえば良寛であれ道元であれ老子であれ、シレジウスやセネカであれ、そういう人々を「永遠とつながる今」

(eternal now)に持ってこられる、つまり過去に生きた賢者たちを、中野先生が「今ココ」持ってくるためには、どのような修行や心の訓練をすればよろしいとおっしゃっているのでしょうか? 結局のところ、「今日を生きよ」(カルペ・ディエム)とは、「汝《なんじ》、時をむだにすることなかれ」ということでしょうか?

中野 つきつめると「貴方はいつまでも生きられるつもりですか?」とセネカも言っているんだよね。わたしは「死は近くにある」という思いを常に持ってますから。朝起きた時に、わたしは「汝《なんじ》、今日一日を喜んで生きるや」というふうに自分に問いかけるんです。そして「喜んで生きる」と、だいたいは答える。あんまり喜んで生きたくない日もあるけど、それは(笑い)…。だけども、そういうふうにその一日しかない、と思う訓練をしています。

時間は循環し回帰する

——ここで中野先生にお会いした機会に、わたしも訓練したいと思うのですが、どんなふうにしたら？

中野　自分は明日の朝もう生きていないかもしれない、死ぬかもしれない、と思うことですよ。事実、あなたの周りだって死んじゃった人がたくさんいるでしょう。実際そうなんだな。みんな、いつまでも生きられるような思いをしているから良くない。死は近くにある、という思いを常にもっていただきたい。

北嶋　作家で歌人の上田三四二《うえだみよじ》さんが書いていますが、「今ここに我あり」と言っていますね。医者でもあった彼は、大きな病気の後で、いつまたやられるかもしれない、といった不安を抱いて生きていました。何とかして死の恐怖から逃れたい、ということもあったのですね。死後の世界を信ずるということは、たとえば天国とか極楽浄土とかへ、自分の個性が保たれたまま移って行くんだ、と考えれば楽なんだけれども、実際はなんとなく信じられない。そこで、彼は「時間は循環する」という解決法を見つけるのです。

つきて見よひふみよいむなやここのとを
　とをと納めてまたはじまるを

という良寛の歌を取り上げています。一から十までぽーんと空中に列をなして棒のように投げ出されるんじゃなくて、それがいつの間にか曲がってきて環になっている。たとえてみれば、真珠の首飾りみたいな。真珠は十個あるんですね、どこかに結び目があって環をなしているんだというようなことを言ってます。また、時の川は、信濃川みたいな大河のイメージじゃダメでしょうけれども、時の川はどこを切っても切ったところで環をなしてる。その川の流れは永劫《えいごう》に続くでしょうが、川の初めと終わりはどこかでつながっている。時間は恐ろしい環の重なりとなって、つながって流れていく。このような考え方をして生きれば、二十歳で死んでも、八十歳まで長生きしても全部そこで納まっている。つまり、十と数えて納まっているのです。「時間の本質というのは、回帰性で元へ帰る、環をなす」と彼は言っていますが、時間は循環してほしいと願っているのです。

中野　それね、わたしは東洋の考え方だと思うんですね。十二支というのがあって、六十歳で還暦になる。東洋の考え方というのは循環する。これは西洋から来た「二〇〇三年」という考え方よりずっと上等だと思います。東洋人というのは、いつもこういうふうに考えて完結している。

上田三四二っていう人は、自分は直腸ガンになって、医者だから、もう自分の命は近いうちに果てるということを意識して、それで良寛に入っていくんだね。そして良寛の「優游《ゆうゆう》」という生き方に救われた。わたしは上田三四二という人と親しくしていて、上田三四二の良寛観からずいぶん良寛を学んだ。彼は自分はすぐ死ぬもんだと思って良寛に近づいた。そうすると、良寛の優游とした生き方が実にいいという。

――その「優游」という言葉なんですが、どういうふうに捉えればいいんですか？

中野　これが言えたら良寛のすべてが言えます（笑い）。良寛の心を表しているんだけど、ちょっとひとことではうまく言えないですよ。良寛は、それらを実に多彩な表現で詩や歌に表しています。その優游という心は、たとえばこの歌に出てくるんですね。

むらぎもの心楽しも春の日に
　鳥のむらがり遊ぶを見れば

これは実に単純な歌ですよね。「むらぎもの」というのは「こころ」にかかる枕ことばで意味がないわけですが、それは「音《おん》」として「むらぎもの」と響く、それがとても感じの良い言葉ですね。心が楽しい。「春の日に鳥のむらがり遊ぶを見れば」と単純な歌なのに、しかもなんとなく読んですぐに分かるうえに、全体が非常に力強いリズムを持っているでしょう。それが良寛の歌の特徴ですが、これは良寛の歌の中でも特に良いと思う。そして、なぜこんなことが心楽しくなるかというと、良寛は長いあいだ五合庵で寒い冬をこらえた。その寒さというのは、われわれの想像を絶するくらいなんですね。たとえば、板の間にむしろを引いたくらいで、壁もなくて風は入ってくる。そして夜は、囲炉裏《いろり》を炬燵《こたつ》みたいにして足をさしくべて、という歌がある。

うづみ火に足さしくべて臥《ふ》せれども
　こよひの寒さ腹にとほりぬ

今晩の寒さっていうのは、腹にまで突き刺さって入ってくるという。これはもうガチガチに体が冷えている。この「腹に通りぬ」っていう表現がね、上田三四二もそうだけど、多くの歌人が感激して高い評価を与えていますね。こういうふうな寒さを耐えるという体験をしてきて、そしてその上に春が来るというので、春の喜びがここに出てくるのですよ。

鳥と自分が一体になって、そして春を迎える。その楽しみを「むらぎもの心楽しも春の日に鳥のむらがり遊ぶを見れば」と歌っている。春っていうのは宇宙です。その中で鳥と通じて一緒に心楽しむ。鳥が歌っているのは、自分が歌っているっていうことですね。

――良寛さんは自然を題材にして、自分がその中にというよりは、「自然とともに」一体となっているのですね。

中野　だから、たとえばこういう歌があるでしょう。

草《くさ》の庵《いほ》に足さしのべて小山田《をやまだ》の
　　山田のかはづ聞くがたのしさ

これも実におおらかな歌で、実にいい歌です。草庵の中で、「足さしのべて小山田の」「山田のかはづ…」って続けるところが歌のミソですね。「小山田の山田のかはづ聞くがたのしさ」と。外で蛙が鳴いている。春が来て、温かくて、ああ良い天気だというんですね。「足さしのべて」というのは、良寛の健康法らしいんですね。足を真っ直ぐ伸ばして寝る。そして臍下丹田《せいかたんでん》に息をためて、腹をふくらませる。わたしも自分でやりますけれども、こういうふうにやって止めとく。慣れるとだんだん腹がふくらんでくる。それから息をすーっと出す。そして臍下丹田からさらに足の先まで「気」をみなぎらせる。足の先から気を出す。それで寝て、深呼吸して、腹の下に息をためるわけ。本当に体がよくなるからね。

北嶋　おなかの丹田という部位に力を集中する。とくに講演やスピーチが長いときにはそのようにしろ、と言われていますね（笑い）。中野先生は講談社プラスアルファ新書『良寛 心のうた』の中で、良寛の漢詩は思想詩であると書かれていますね。

中野　良寛の生涯の中でも代表的な詩を、ちょっと長いですが読んでみます。

生涯《しょうがい》　身を立つるに懶《ものう》く
騰々《とうとう》　天真に任《まか》す
嚢中《のうちゅう》　三升の米

生涯懶立身
騰々任天真
嚢中三升米

炉《ろ》辺《へん》　一束の薪《しん》
誰《たれ》か問わん　迷悟《めいご》の跡《あと》
何《なん》ぞ知らん　名利《みょうり》の塵《ちり》
夜雨《やう》　草庵の裡《うち》
双脚《そうきゃく》　等閑《とうかん》に伸《の》ばす

炉辺一束薪
誰問迷悟跡
何知名利塵
夜雨草庵裡
双脚等閑伸

自分は生涯、人と争って先に出ようというようなことは全然しなかった。「身を立つるに懶く」というのは、つまり出世しようとか、人と競争して勝とうとか、そういうような気持ちは全然無かった。この「騰々《とうとう》天真に任す」の「騰」というのは、ふるいたつという勢いの意味がありますが、すべて「天真に任す」と、天が自分に与えたもの、運命がもたらすものに任せてしまう。何が起こっても、それを受け取る。そしてそれに対して文句を言わない。「嚢《のう》中三升の米」は、頭陀《ずだ》袋の中には、今日いただいてきた三升の米がある。「炉辺一束の薪」は、炉端には一束の薪《たきぎ》がある。これでもう十分じゃないか。これ以上何が要るんだ。これが「足るを知る」ですよ。さっきの話がここにある。

そして「誰か問わん迷悟の跡」は、迷ったとか悟《さと》ったというような、そういうことは自分にはもうどうでもいい。「何ぞ知らん名利の塵」は、有名になるとか、利益を得るとか、そういうようなことも自分には何も関係ない。ただ自分を「夜雨《やう》草庵の裡《うち》」、しとしとと夜の雨が降っている草庵の中に居て、「双脚」、二本の足を長々と「等閑に伸ばす」、これが自分の幸福だというんですよ。だから、物は三升の米があれば十分、薪はこれだけあれば十分。それから、ただ、こういうふうにして、この時を生きている。雨の音を聞き、そしてその中で昼間の托鉢で疲れた体を長々と伸ばして、これが自分の幸福だと言っている。

良寛という存在が人を救う

――そういう良寛さんを、周りは放っておかなかったのですね。

対話も佳境に達したころ

中野　良寛は、ささやかなことが幸福だと言っているみたいだが、そうなるまでの事情があった。良寛は初め越後に帰ってきて、その当初は、さっきの郷本の塩焼き小屋の話みたいに、ただの乞食坊主で、悪いこともしている奴というふうに見られていた。だから托鉢に行っても大変だったんです。ところが良寛という人の人柄が、だんだん分かってきた。まず最初に子どもが認める。そうすると他の人が認める。だんだん地元の知識人であるとか、地主が認める。そうなると良寛の人柄が誰でも知られるようになる。良寛という人は世の中のためになることを何もしていないけれど、良寛という存在によって、気持ちの面で人を救うようになったのですよ。

もう一つ、「捨てる」ということと言えば、良寛というのは非常な学者だった。あの当時、難しい万葉仮名で書かれた『万葉集』を独力で読みこなした。それから書の手本は懐素《かいそ》の『千字文《せんじもん》』を見た。わたしもこれで練習をしましたが、わたしだとだいたい一週間かかる。ところが良寛は毎朝のように、空に向かって『千字文』を書いて練習をしていた。当時の大知識人ですよ。しかし、その知識も習練も全部捨ててしまった。

――そういう良寛さんに、長岡藩主からお寺の住職にどうだというお話があったのですね？

中野　良寛は、そんなことなど考えないわけですよ。そんなのは一切いやだと、これがいいと。三升の米があればいい。そこが良寛のすごいところですよ。良寛は非常に芯が強いですね。

北嶋　長岡藩主の牧野忠精《まきのただきよ》が良寛さんを訪ね、「長岡の街に来てほしい」と申し入れたのに対して、「焚《た》くほどは風がもて来る落葉《おちば》かな」という俳句を無言のまま渡したのは、良寛さんの気骨を示す有名なエピソードです。藩主の忠精は良寛の人柄を慕い、城下に迎えようと思ったが、良寛の心を得ることはできなかったのです。良寛のこの句に対し、忠精は「見渡せば山ばかりなる五合庵」と詠んでいます。

うづみ火《び》に足さしくべて臥《ふ》せれども
　こよひの寒さ腹にとほりぬ

これは先ほども引用された歌ですが、「炬燵《こたつ》の火に足を焼《く》べる」というのは、すごい言葉ですよね。ここで中野先生に質問したいと思っていることがあります。

良寛の諸国行脚時代という若い頃に戻ってしまいますが、四国土佐の庵で近藤万丈《こんどうばんじょう》という人に会ったという話がありますね。万丈は高知の近くで激しい雨に降られ、近くの庵に駆け込みます。その庵には面《おも》やせたひとりの僧がいました。彼は何も言わない、黙っている。口を利《き》こうともせず、座禅する様子もない。ひょっとしたら狂人ではないのか、と万丈は思う。

しかし、無愛想であっても親切な応待で、麦の粉を湯で溶いてくれたりする。二晩泊めてもらうわけですよね。良寛とおぼしき僧の机辺には、木造仏があり、『荘子《そうじ》』が二冊置いてあった。そして、万丈が白扇を取り出して揮毫《きごう》を求めると、僧はすぐ筆をとり、絵を描き賛を入れてくれた。その賛の末尾に「かくいふ者は誰ぞ、越州の産了《りょう》寛《かん》書す」と書いてあったという。そこには唐版の『荘子』があり、良寛の漢詩がはさんであったことにわたしは注目したいのです。荘子とか、あるいは老子とかの「老荘思想」が、良寛の思想の中にふんだんに取り込まれていると言えましょうか？

中野　老子や荘子は、良寛の中に非常に早く入っているんです。それは結局、老子も荘子も自然の中に身を任せて「無為」に、何もなさずに同化するというのを最高だと言ったんですね。それは、こういうことなんです。「そこで、肉体のためあくせくすることを止めたいと思うなら、世間を捨てればいい。捨てるのが第一である。世間を捨てれば面倒な煩《わずら》いもなくなり、煩いがなくなれば心身も平静で穏やかになり、平静であればこの広い世界とともに新たに生まれ変わる」と。世間を捨てると自分の心が平静になり、世界と、というのは宇宙ですが、宇宙と一つになる。それを荘子が言っているが、それは良寛そのものですね。

それで良寛という人は、何もしない人で、まるで「愚《ぐ》」な人じゃないかと。ところが、愚か者であるはずの良寛が、解良家に来て二晩泊まったら、こういうふうになった、と。解良栄重《けらよししげ》の『良寛禅師奇話』（第四十八段）をかみくだいて読みます。

「良寛さまは、わが家にふらりとやってこられて、二晩以上も泊まられた。良寛さまが見えると、わが家では主人と家族や使用人たちが、みんな和《なご》やかに睦《むつ》みあい和気《わき》あいあいの気分に満たされる。良寛さまが帰られたあとも、数日のあいだ家内の者はみんな明るく打ちとけているのが常だった」とある。

こんなふうに、良寛が泊まっていると何もしなくても、上の者や年寄りも下の者も自然に仲良くして、和気あいあいとなる。そして良寛が帰ったあとも、その気持ちは数日のうち家の中にあるというんです。また、「炉端で、良寛さまと一晩でも語ることがあると、心の底からしみじみと胸襟《きょうきん》を開く心境になり、思わず虚飾を捨ててすがすがしい気持ちになることができた」と。そうなるのは、「良寛さまの内奥《ないおう》に輝いている、言い知れぬ徳の力というのだろうか、接する人に何ともいえない感化をおよぼしているもののようだった」と書いている。

——そういう人になりたいと皆さんも思われるでしょうが、じゃあ果たしてどうするといったときに、さっきの五つの提言が出てくるのですね。

中野　わたしは、あれが良寛の五つの教えだと思う。これはね、さっき北嶋さんが言ったように、二十一世紀は心の時代にならなきゃダメだと思うんですよ。地球が滅びるんじゃ、やっていけないんだから。二十世紀はどこの国もクルマを作って競争する、テレビ作りで競争して、競争と競争の時代だった。もう資源にも限りがある、地球環境にも限りがある、それからマーケットが一杯、これ以上の経済成長というのは世界的にありえない。あとは譲り合って生きるしかない。競争原理じゃなくて、譲り合う。それから、物を持つんじゃなくて、心に生きる。そういう世紀に二十一世紀はならなくちゃいけないし、なるだろう、ならざるを得ない、とわたしは思う。

——競争よりも「共存」ということですね。それは、良寛さんの教えというのが、わたしたちの世代で終わっちゃいけないんですね。

中野　わたしはそう思いますよ。

——そのあたり、若い方々を教えておられる北嶋先生は？

北嶋　良寛の訓《おし》えは、やはり連綿と受け継いでいく必要があります。有名な哲学者、

A・N・ホワイトヘッドの『教育の目的』(*The Aims of Education* by Alfred N. Whitehead)という本に、「教育の知的成長の諸段階とは、ロマンス(Romance)——精密化(Precision)——普遍化(Generalization)への誘いである」と書かれています。そのロマンスにしても、精密化にしても、普遍化にしても、そのいずれの契機や段階を良寛はすべて持っているわけです。

「ロマンス」というのは、たとえば良寛の「逸話」や「長歌・反歌」ですね、あるいは『良寛禅師奇話』ですね。そういうのを持ってくることができるでしょう。次に「精密化」ということになれば、良寛の人生哲学や生涯を述べる「漢詩」の類型と思想に明らかであります。「普遍化」というと、おそらく「法華讃《ほっけさん》」が最高ではないでしょうか。それから「辞世の歌」があります。

形見《かたみ》とて何残すらむ春は花

夏ほととぎす秋は紅葉《もみぢ》ば

これは、良寛の人生哲学の結語であると考えていいと思います。自然界の全体を形見とする思想。これはまさに、エコロジカルな哲学です。後世への最大の遺産の一つとして、良寛の思想というものが必ず入ってくる。そういう目線でもって若い人たちに教えることが教育の崇高な任務の一つではないか、とわたしは考えています。

——郷土の新潟が残したというよりは、日本が生んだ良寛さんを、これからの世代にぜひ語りついでいきたいですね。

中野　良寛はね、だんだんこういうふうにみんなに知られて、良寛ファンが増えてきたっていうことは、これは大変なことだと思う。明治の初期には、良寛というのはほとんど知られない存在だったわけでしょう。それがとくに、ここ二十年くらいの間に急速に良寛信者が増えてきた。これは、これまでと全然ちがう価値観を受け入れるということだから、今までに無い現象です。しかも、良寛は語らないんですね。詩を詠み、歌を詠む。わたしは詩を読み、歌を読んで良寛のことが好きになったんですけど、良寛自身はこうしなさいなんてことは何一つ言っていない。ただ自分でやりたいことをやっているだけ。それなのに、さっきも言ったように、良寛という存在そのものが人を救う。これは大変なことですよ。

どこにも所属せずに生き抜く

――良寛さんは、現代人にとって対極にある人と言われましたが、良寛さんの生きた時代の人にとっても、やはり対極にあった人ではないですか？

中野　たしかにそれは変わらないと思いますね。たとえば、さっき子どもと遊ぶということを言いましたけれど、当時は今よりも大人が子どもと遊ぶなんて、とんでもない話です。それを良寛は平気でやった。自分の自由に生きているわけで、その評価は何一つ変わりがない。そういうふうに、あらゆる点において当時の人とは反対だった。人間というものは、みんなどこかに所属しているでしょう。庄屋であったり、農民であったり、商人であったり何かであって、何者かであるわけです。また漢詩人であったり、歌人であったりとかね。ところが良寛は何者でもないんですね。僧侶とかというと僧侶ではない。どこにも所属してない。歌は歌っているけど歌人でない、詩を作っても詩人じゃない。何者でもないっていうところがすごいところですよ。

——わたしたち、少なくともわたしは、小さい頃から「働かざる者食うべからず」と言われて育ったのですが…。

中野　その点についていえば、良寛は一生を、人のお世話になって生きるということを感謝しつづけたわけです。そのための引け目も抱き続けた。良寛はその代わり何をしたかっていうと、心の世界に生きることを実現した。そして常に自分自身であることを実現した。江戸時代を通じて、良寛ぐらい自分自身だけ、人間だけで生きたという人はいないと思う。そんな人は、滅多にいない。つまり、何者でもないっていうことは、人間だけであるということ。現代でも難しいのはこれですね。何者でもない、どこにも所属しない。たいてい世の中でやっている人は名刺を作る。そこには肩書きがつく。自分自身だけであるっていうのは難しい。どこかの誰かだからね。ところが良寛はそれを一切やらない。

その上に良寛は、自分はどこから来てどこに去っていくかということを詩にうたっていますが、こういうふうな詩を作った人は初めてです。形而上学《けいじ》で、自分の生はどこから来てどこに去っていくかというようなことを考えた人はいなかった。

それからもう一つ。今、世間の人というのは将来のために働いているでしょう。何年後かに楽な生活、豊かな生活をしようと思って、今を犠牲にして将来のために生きている。とくに戦後日本は、ローンだとか、キャッシュ・カードとか、あんなものがアメリカから入ってきた。またアメリカの悪口になるが、あれはちっとも良くない。

ローンなんていうのは、収入がどんどんふえていくという時代を前提として将来に向けた借金をして、先取りするやり方です。あんなのは最初から借金であることに変わりはないのに錯覚がある。景気が悪くなって、ローン返済のために苦しんでいる人がたくさん出てきた。これは当然のことで、ローンなんていうのは借金なんだから。カードで買うというのも、これもダメなんだな。将来のために生きるってことをしてたんじゃ、人間はダメなんですよ。良寛は今日のために生きる、と言った。良寛は明日の生活のために今日を無理しよう、もっとお布施《ふせ》をたくさん貰っておこうなんて馬鹿なことは考えなかった。

――今でもそうですが、わたしなど小さい頃から、将来のことを考えて今を生活しなさい、と言われてきました。それとは全く反対の考え方のようですね？

中野　今の「自分を作る」ということは、将来のためでもありますよね。ですが、将来に豊かな生活をするために、今を犠牲にして生きるなんてことは、ぜんぜん逆なんです。

――計算高く生きてはいけない、ということですか？

中野　たいていの人は未来のために今を犠牲にして、せかせか働いて結局は早く死んじゃっている（笑い）。ローンというのは本当にバカバカしい話。昔の日本人はちゃんとコツコツ貯金をして、カネが貯まってから相応の家を建てるってことでやってきたのに、今は逆ですね。将来のために今を犠牲にして、計算高く先取りしたつもりが、今を大事に生きないから将来も無いことになっているではないですか。

――良寛さんは現代人と正反対の生き方をしていたのであれば、当時の周囲の人との摩擦《まさつ》やコンフリクト（争い）みたいなものはあったと思われますが、それをどう解決させていたのでしょうか？

中野　摩擦はあったんですね。良寛が越後に帰って来て、まだそれほど知られていないときは、本当にひどい目にあった。生き埋めにされそうになったとか、それに似たことはしょっちゅうあった。子どもに石を投げつけられるとか、そんなこともあったのです。だけど、良寛の心性《しんしょう》がだんだん認められるようになった。そうやって日常社会に受け入れられるんだけれども、それでもなおかつ、良寛を認めない人はたくさんいた。

たとえば、子どもと一緒に手毬《てまり》をついて遊んでいると、「どうしてお前はそんなことをしてるんだ」っていう人がいたのです。そういう目はたくさんあったと思う。働いている農民にすれば、いつもあそこで坊主が毬をついて子どもと遊んでいる、「けしからん」という目は必ずあった。それに対して良寛は一切答えない。頭を垂れて答えず、抵抗もしない。そして周りの抵抗と白い目にかこまれた。それに対して良寛は一切答えない。

――良寛さんが変わらなくとも、周りの人たちが変わっていったんじゃないですか？

中野 そう。良寛の生き方によって、周りの人が少しずつ変わっていくわけです。まず最初に子どもが変わる。それから、当時の解良家のような地主層ですね。その人たちが良寛を本当に理解した。その人たちが変わったわけ。これも大変なことですよ。良寛という存在があることによって気持ちが清らかになる。清らかにするのは物じゃない。良寛がいることによって心が清らかになるという、その不思議は、良寛の力です。人間の力です。何の役にも立たないけれど、人間の力というものはすごい。役に立つ、そういうものとは全然ちがう次元に生きている。それが良寛なんです。

――今の社会で不足しているのは、隣の人を思いやる心だと思います。独り暮らしのとき、どのようにして友人を作ったらよいのか、良寛さんの教えなどあればぜひ教えてください。良寛さんって、お友達がいたんですか?

中野 非常に仲のいい友達がたくさんいました。地主層の人とか医者など、しょっちゅう酒を携えて遊びに来たり、一緒に歌を詠んだりする、そういう友達がいたのですよ。老年になったら、なおさらのこと思いやりというのかな、許すというのかな、咎《とが》めないという心が必要だと思います。それが良寛から学ぶべきことではないでしょうか。わたし自身は圭角《けいかく》の強い人間で、できていないですからね。自分自身はできないから、なおさらそうすべきだという気がしています。

——いい人は「寛容の人」って言われますが、中野先生をもってしても、まだ良寛さんになるのは難しい?

中野 全然できてないですよ。わたしは全然ちがう。ただ、いくらかでもできることをしようと思って、たとえば、あいさつを徹底させようと。女房と二人きりで暮らしていますから、ぞんざいになりがちなので、朝は必ず「おはよう」って言うことにしています。犬のハンナにも「おはよう」って言うし。つまり今日を始めるというケジメをつけているわけです。夜は「おやすみ」と。そういう単純に見えることが、日常生活に必要なんだと。

——思えば良寛さんは、月に向かっても「こんばんは」って言ってたという気がしますもんね。

北嶋　いたわりあうというしなやかな心を持つということですね。華厳《けごん》宗の僧で透《とう》徹《てつ》した眼力をもった明恵上人《みょうえしょうにん》など、「仏性《ぶっしょう》は人間のみとは限らない、何にでも仏性がある、動物にもある」といって、腰をかがめて牛とか馬にもおじぎをして歩いたというのがあります。「明恵が行くとき、その足は地上一尺を踏んでいる。良寛の足は地に着いている」という表現はとても興味深いですね。中野先生の犬にも「おはよう」「おやすみ」っていうのは初めて聞きました（笑い）。隣人、家族やペットに対して、そういうしなやかな心を持つというのは、やはりとても大切じゃないかと思うんです。

持たなければそこに神仏が宿る

――良寛さんには、ユダヤ教、キリスト教の世界など、たとえばクムラン教団、アッシジの聖フランチェスコの思想、ピューリタニズムを感じるんですが、良寛がこれらの思想に直接ふれたと考えにくいのにもかかわらず、何が良寛さんをしてこの宗教的な天才ともいえる思想に至らしめた、とお考えでしょうか？

中野　アッシジの聖フランチェスコと良寛とは、ずいぶんよく似ていると思いますよ。生きた世界は全然ちがうといってもいいけど。アッシジのフランチェスコも、持たず、所有せずということを徹底してやった。持たない者は神に近しということで、実際に神とか仏とかというものを信じて、そしてその神性・仏性というものが自分の中にもあると信ずれば、持たないのはいちばん神に近くなるというのは、賢者はみなそう考えている。

アッシジのフランチェスコだけじゃなくて、良寛だけじゃなくて、セネカもシレジウスもみんな「持たざるが神仏に近づく」と言った。道元も「持たないのは仏に近い」

「空にすれば、そこに神が入ってくる」

と言っています。それは、持たないっていうことによって、心が心だけになって神に近づいていく、ということですね。

エックハルトという人が言っていますが、「自分が一切を捨てる。物欲を捨てる。神を欲しいと思う心さえ捨てる。すべてを捨てて心が空《から》になれば、そこにおのずから神が入って来ている」と。その考え方はね、道元にもあるし、良寛にもある。「空《から》にすれば、そこに神が入ってくる」って、みんな同じです。こうやったら儲かるだろうとか、あいつ憎らしい奴だとか、しょっちゅうそんなことばかり考えていては神は入ってこない。

知識さえも持つなということは、法然《ほうねん》上人も言っている。法然上人という人は、建《けん》仁寺《にんじ》であらゆる学問において当代随一の学者でした。京都の坊さんたちと討論をして負けたことがないほどの大知識人だった。ところが、その法然上人がそれを全部捨てたのです。

「念仏を信ぜん人は、たとひ一代の御法《みのり》をよくよく学すとも、一文不知《いちもん》の愚鈍の身になして、尼入道《あまにゅうどう》の無智のともがらに同じくして、智者のふるまひをせずして、ただ一向《いっこう》に念仏すべし」（法然「一枚起請文《いちまいきしょうもん》」）

これは貴い言葉だと思います。うーんと知識があっても、それを全部捨ててしまう。「一文不知」の不知というんです。それは良寛ですよ。良寛は万葉仮名や漢詩など非常に学問のある人でしたけれど、全部捨ててしまう。良寛の詩にもあるように、托鉢に行くと、そこらへんの農民が「良寛さん、ちょっと寄っていかないか」って、ドブロクを出して一緒に飲む。それを「一文不知の愚鈍の身になして」農民と同じ目線で話せた、という。当時の農民はおそらく字なんて読めない、文盲《もんもう》の人が多かったが、それと同じレベルで話すことができ、親しむことができた。これは大変なことではないでしょうか。

——それは良寛さんが自分から捨てた、そういうことではないんですけれども？

中野　いや、自分から捨てたんですよ。今でもね、知識をたくさん持っているっていうんで、ひけらかす人がいますけれども、そういうんじゃなくて一切を捨てるんです。そしてそれはどうでもいい。それは同時に、余分な情報は要らないということでもあるのですよ。

――それは十分あった後に捨てたからでしょう。

中野　今ね、コンピューターを使えば猛烈に早くいろんな知識が得られるけど、あんなに情報が要るのかと。要らない情報がほとんど。わたしは新聞しか読みませんけど、新聞の情報だって要らないくらいだからね。世の中のことを知るのに必要な情報ってそんなにたくさんあるわけじゃない。

――情報って、いっぱい集めれば集めるほど、まだ集められるという不思議さと、まだ集めなきゃという不安感が募ります。

北嶋　先ほどのアッシジの聖フランチェスコの質問の追加として、ひとことコメントいたします。小鳥にも説教したと伝えられる聖フランチェスコは、聖書に忠実に、清貧に基づく乞食《こつじき》教団を設立した人です。良寛との共通点はありますね。まず仏教とキリスト教の関係から聖フランチェスコと良寛を比較考察した好著で、石上・イアゴルニッツァー・美智子著『良寛と聖フランチェスコ』（考古堂）が出ています。それから、もしかして良寛さんは、「聖書」に触れたかもしれない、という人がいます。しかし、それはなかったかもしれませんね。でも、良寛の「地震の詩」と、たとえば聖書の「コヘレトの言葉」の三章に、「すべての事には季節があり、すべてのわざには時がある。生まるるに時があり、死ぬるに時がある」という一節がありますけれども、見事に呼応しているような文章があるんですね。まさしく良寛にとって、「地震に会うに時があり、死ぬるに時がある」でありました。そうすると、たとえ良寛が「聖書」を読んだことはなくとも、思想的につながっているところがある、というふうに考えていいのではないか、とわたくしは思います。

中野　あれはね、手紙にあるんだけど、すごいことが書いてある。三条で地震があって千六百人が死んだときに、知り合いのところに見舞状を送った。その中に「災難に逢ふ時節には災難に逢ふがよく候《そうろう》。死ぬ時節には死ぬがよく候。是《これ》はこれ災難をのがるゝ妙法にて候」って書いてある。これは本当にすごいと思うね。

たとえば神戸大地震があったときに、わたしが神戸にいる人に「災難に逢ふ時節には災難に逢ふがよく候」なんて書いたら怒られちゃいますよ（笑い）。すごい言葉ですよ。つまり、運命をもたらすものに抵抗してもしようがない。それは受け入れてしまう。自分の自由になるものを分かって、自分の心を働かせる。自分の自由になるものとならないものをきっちりと分けておかなくてはならないと。すごいことだよ、これは。

——災難に逢った人にちょっと言えないですね。

中野　それが、逢った人に言ったんだからねえ（笑い）。

——それは、良寛さんだったからというのがある？

中野　それはそうだね。わたしが言ったら怒られちゃう（笑い）。

——今ここにいるわたしたちの平均年齢はかなり高いですが、もしここに高校生、大学生がいっぱいという状態なら、中野先生は良寛のことでまず何をおっしゃいますか？

中野　ここに若い人がいたら、わたしはさっきの五つのうちの一つ、「ゼロに身を置く訓練をせよ」ということを教えたいと思う。自分で指示して一週間なら一週間、粗食をし、テレビもケータイもない生活をし、そしてわたしみたいに板の上に寝て、板の上に寝ると体にいいから、できる限りそういうふうな生活を一週間に限ってやってもらう。そしてその代わり一日三食、それも間食はしない、腹が減ったら食うっていうんじゃなくて、三食きちんと食うという生活、そういう単純なことでいい。それで自然の中に入って、そういう生活をすればいい。とにかく今の若い人には、ゼロに身を置く訓練をしなさい、と言いたいな。

――北嶋先生には、先ほどの学生たちのアンケートを読んでくださり、わたしも同感するところがあって感動いたしました。どんなふうな導き方で、あのような文章が出てきたのかをお尋ねしたいのですが？

北嶋　まず、わたしの教育ガイドブックのひとつに、中野先生の『わが体験的教育論』（岩波新書）があることをご紹介しておきます。そして、ソローの「太鼓の音に足の合わぬ者を咎《とが》めるな、その人は、別の太鼓に聞き入っているのかもしれない」というのは、わたしにとって指導原理となる大きな言葉です。わたしが教鞭《きょうべん》をとる大学では、「ゼミ」で良寛を扱っている教員や、「日本文化史論」の講座で良寛を取り上げている教員、あるいは外国人の教員の中でも、良寛の俳句の英訳を学生と共に取り組んでいる教員もいます。あるいはまた、「良寛の里」スタディ・ツアーなどのイベントを実施してくださる先生もいますし、良寛さんに興味を持っている学生もだんだん出てきたのかなという感じもします。

わたしは時おり、貞心尼が死ぬまで秘めおいた歌稿（遺墨）として、柏崎市の中村家に秘蔵されてきた「恋は学問の妨げ」（恋学問妨）というのがありますが、良寛さんと貞心尼のこの唱和の歌をディベート（討論）に使うことがあります。さっき中野先生がおっしゃったように、ひとことで言えば良寛さんは「含羞《がんしゅう》の人」であり、「語らざる人」であったわけですよね。その語らざる人をディベートの題材として使うというのは大変に難しいんですけど、貞心のこの歌、

いかにせむ学びの道も恋草《こひくさ》の
　茂《しげ》りていまは文《ふみ》見るも憂《う》し

という問いかけに対して、それを良寛さんはきちんと受け止め、「汗牛《かんぎゅう》充棟《じゅうとう》」という漢語を和風化するのは良寛さんの得意とするところですが、非常にきれいに和歌にしました。

いかにせん牛《うし》に汗《あせ》すと思ひしも
　恋の重荷《おもに》を今は積《つ》みけり

というふうに答えているわけです。最初こそそれぞれの温度差があって、学生諸君は遠慮がちですけど、最後になると大変に熱中して、時を忘れるくらい興奮して語ってくれることがあります。つまり良寛さんの歌を、自分の体験に引き寄せて、恋は勉強の妨げになるのかどうかというふうに考えるのだと思います。

この会場にお集まりの特に若い人たちに熱いメッセージを送るとすれば、良寛を学ぶのは、今がいちばん良い時期だと思います。日本的な良寛ブームが続いておりますし、良寛関係の良書が次々と出版されています。新潟市にも良寛の書物の発刊を特色にする出版社があります。折々の講演会も充実していますし、いたる所に「良寛会」や「良寛研究会」の組織があり、良寛顕彰《けんしょう》の運動があります。東京では良寛学の「博士」の学位を出す大学さえも出てきた、と聞きました。これを契機として、どうぞ若い皆さんに、これからも積極的に良寛さんのイベントに参加していただきたいと思う次第です。

Ⅳ　わが死に寄する最後の言葉

元気なころ愛犬ハンナと

入院を知らせる手紙

三月十七日は、上京のついでにわが家に寄る予定と家内に聞いたが、来てもムダ。その理由を書く。

二月十二日、胃の調子がヘンだから、五高同級生の孟《もう》という医者（洋光台にいたが、今は少しはなれた所にいる）に胃カメラを見てもらったら、採取したサンプルからガンが見つかりSpeiseröhrenkrebs（シュパイゼレーレンクレブス＝食道ガン）だということだった。へえ、そうかね、と思ったが、彼の息子の勤める大病院で本格的な内視鏡検査、ＣＴ検査等を受けたところ間違いなしとなった。

ガンはすでに何ヶ所かに転移しているので、小さなのはみな内視鏡でトレルが、一つ根源的なやつは既に粘膜下に入っているので、リンパに移転していると思われる。故にとってもムダ。結局方法は、食道全摘は年齢からして不可能なので、放射線照射と抗ガン剤投与の同時治療しかない。そういう判断なので、初めはそんな医療的拷問など受ける気もせず、家にいて自然に死んでいこうと思っていた。

が、そうこうするうち身体の衰弱が始まり、始まると進行が早く、このままでは家内の心労と看護の負担が重すぎ、夫婦共倒れになると思うとともに自分でもこれではいかんと考え、入院しようと決心した。が、今度は病院のアメニティのことが気になりだし、いくつか当たったが、大病院・有名病院は老齢の厄介な病気を受け入れたがらず、結局いろいろ検査して貰った病院に「アメニティより人間関係」と思い入院することにした。一両中に入院の予定。

医療的拷問は覚悟した。

以上のような次第ゆえ、十七日に来ても小生はすでに入院中にて、不在。故に来ても仕方がないという也。

君の心痛する様子が、あまりよくわかっているから今まで知らせなかった。また、このことはまだ少数の人にしか知らせず内密にしているので、君もそのつもりで胸にしまっておいて貰いたい。

今度のことで、セネカの教えが一番役に立った。比較的平静に事態を受け入れられたのは、セネカによる。

以上、意外なことに驚いたろうが、誰かに起こることはわが身にも起こるのであり、それは自分にもどうしようもないことである以上、問題はそれを自分がいかに受け入れるかのことだけだ。気持は元気で晴れやかだから、安心を乞う。

三月十二日

中野孝次

上田茂様

良寛遺跡を取材のころ

信頼する友へ

こないだは折角《せっかく》来てくれたのに邪険に扱って悪かった。入院直前でやはり気が立っていたんだろう。入院して放射線照射、抗ガン剤投与という医療的拷問をうける覚悟をしたのは、家にいてあまりに身体の衰亡が早きため。約六週間で一クール、それを二クールやる予定だが、老いた身体がもつかどうか心配也。しかし、やると決心した以上はイヤイヤでなく、進んでやるようにするつもり。また手紙かく。

三月二十一日

中野孝次

上田茂様

むずかるハンナをあやしながら秀夫人と

闘病、そして小康

君には報告の義務があると気にしていたが、ようやく治療のおおよそのメドがついたので、報告しときます。

三月十八日入院後、消化器専門の担当医（優秀）が立てた治療方針はこういうものだった。

A、抗ガン剤投与（第一クールは二十四時間を五日かけて合計百二十時間）

〃　（第二クールは三週間後に始め、右に同じ）

B、放射線照射（一・九グレーンを一週間五回のペースで六週間、計六〇グレーン）

Aの第一クールは入院してすぐ始まり、投与中から副作用がきつかったが、投与後二週間が最低だった。三週間になっていくらか楽になった。

Bは、一回は数十秒という長さだが、あとになるほど副作用が出る。これは目下のところ十九回終了。

これはガン患者にひとしく行う現代医学の標準らしい。

僕のケースは、a＝早期発見だったこと（ガンの程度ではステージ1）。b＝三、四ケ所にガンがあるが、問題のは原発の一ヶ所だけ。c＝進行性ガンでない。等の理由により、根治可能という。

内視鏡検査では、すでにガンは消えている。が、完璧を期する為、来週（四月十九日）から第二クールを行う。以後三週間で退院として、大体五月中旬に退院の予定。

右が目下の状況。今まではこのことを秘し、必要最小限の人にしか伝えなかったが、治癒のメドがついたので、そろそろ公表しようかと思っています。

グメルスから手紙が来て、パシーマの礼と具合はどうかといってきた。返事に右の事情を書くのもいきなりでは驚かすと思い、上田茂氏に聞いてくれ、と返事を出しておいた。聞いてきたら、右のことを知らせて下さい。いつか会った時より六キロへり、容貌ひどく衰えたとも伝えて下さい。だが、五月中旬には退院できそうだ、と。

とにかく根治可能ということで、死から生還したような気がしている。十六日、君に会ったころは、必ず死ぬと覚悟していたからね。帰宅しても身体は衰えはてているから、しばらくは誰にも会わないつもり。体力回復を目標として、秋ごろになったら人にも会えるようになるかと思う。

四月十七日

中野孝次

上田茂様

PS 篠田新潟市長から芸術院賞の祝いの花を貰ったが、病中のこととて礼状も出せなかった。もういいから氏にもガンのこと伝えて下さい。
機会があったら元飯山市長小山邦武氏と、浄運寺住職にも教えて下さい。

予の遺言書

一、予が死亡に際しては、さしあたり次のとおり取りはからわれたし。
・死はただちに公表せず、肉親のみで密葬すること。
・死体は決して他人に見せまじきこと。
・骨は信州須坂浄運寺に持参し、簡単な読経ののち埋葬すること。
・死後三週間を経て公表すること。
・告別式、偲ぶ会の如きはせざること。
一、誰にも知られず消えてゆくが予の願いなれば、万事その趣旨にて行うべし。
一、遺産はすべて妻秀に与う。

一、中野秀死亡の後は、動産とともに、土地・家屋は売却して、かねて用意の中野基金に譲渡すること。

一、中野基金は、発展途上国の孤児、飢えた子供、ストリート・チルドレン、発展途上国よりの留学生などの救済の為に使うべし。その方途は基金理事長成瀬重人の判断に任す。

一、書籍はすべて安藤書店に売却のこと。

一、著作権は神奈川近代文学館に委ね、同館の特別運動資金とすること。

以上なり。予はすでに墓誌に記せる如く、十九歳第五高等学校に遊学以来、文学を愛し、生涯の業とせり。戦後の窮乏時代には文学を以て生きることはなはだ困難なりしも、素志を貫き、以来ただ文学一筋に生きたり。これを誇りとす。また成瀬秀と結婚し、先年金婚の祝いをせしまで、共に支えあい、つつがなく生きたることを幸せとす。

顧みて幸福なる生涯なりき。このことを天に感謝す。

わが志・わが思想・わが願いはすべて、わが著作の中にあり。予は喜びも悲しみもすべて文学に托して生きたり。予を偲ぶ者あらば、予が著作を見よ。

予に関りしすべての人に感謝す。さらば。

長野県須坂市の浄運寺墓苑に立つ五輪塔の墓碑

墓碑銘は高社山など信州の山々を望む高台にある

初出覚書

越後の春風の中に手毬をつく――『天上大風』二〇〇三年五月号
埋み火の冬を堪える――『天上大風』二〇〇三年冬号
春に弾けて喜悦する――『天上大風』二〇〇四年春号
セネカと良寛とシレジウス――『良寛』第四十三号、二〇〇三年五月
良寛は「こころ」の試金石――『良寛の呼ぶ聲』一九九五年六月
ゼロに戻る訓練――『良寛』第四十四号、二〇〇三年十二月
死はいつ我を襲うかもしれぬ――『良寛の呼ぶ聲』一九九五年六月
病いに臨む良寛の態度――『良寛』第四十五号、二〇〇四年五月
現代人にとって良寛とは――新潟県民文化祭2003「新潟の文化を考えるフォーラム」二〇〇三年九月二十一日
入院を知らせる手紙――上田茂宛私信、二〇〇四年三月十二日付
信頼する友へ――上田茂宛はがき私信、二〇〇四年三月二十一日付
闘病、そして小康――上田茂宛私信、二〇〇四年四月十七日付
予の遺言書――『大法輪』二〇〇二年十二月号

解説

松本市壽

この本は、中野孝次が急逝するまで良寛について書きまとめたエッセイと、平成十五年九月二十一日に新潟県民文化祭2003「新潟県の文化を考えるフォーラム」での講演記録をもとに編成したものである。本来なら考古堂発行『良寛』誌に中野孝次の随想コラム「良寛つれづれ」を連載してもらい、ある程度まとまったところで一冊にまとめようとの意図があった。しかし、それもわずか三篇を得たところで中野孝次は食道ガンで入院することになりその計画は頓挫した。したがって分量からすると「フォーラム」の速記録が中心となるが、学研の『天上大風』誌に寄稿されたエッセイと春秋社版『良寛の呼ぶ聲』の「まえがき」と「あとがき」を加え、さらに中野孝次の国学院大学教授時代からの愛弟子で、親交のあった新潟眼鏡院社長の上田茂にあてた最後の手紙の提供を受けたことにより、ようやく分量を調えることができた。

やや整わないスタイルとはなったが、ほぼこんな形で出版することは入院診療中の著者に許しを得ていたものである。著者の呼び名も中野孝次先生もしくは中野氏とすべきところなれど、故人の敬称は略させてもらうことにする。また現存する人名も同様にさせていただく。

良寛論だけの単行本がほしい

そもそも中野孝次がいつ良寛についての関心を抱くようになり、良寛という存在の前にたたずむようになったか、その当初のことは知らない。また直接に訊いたこともない。ただ、一九八〇年の「良寛没後百五十年展」を過ぎたあたりから、朝日新聞のコラムで中野孝次が短いエッセイを寄稿するチャンスが多くなったと気づいていた。そのコラムの結語には、必ずといっていいほど、たまらなく良寛の魅力に惹かれるという趣旨のことばが書かれているのをしばしば見受けるようになった。

それまでわたしは、北川省一の『良寛 その大愚の生涯』(東京白川書院)のような研究書をはじめとして、谷川敏朗『良寛の旅』(恒文社)を企画編集しては、もっと良寛の本を作ろうと意欲を燃やしていた時期であったから、中野孝次のその動きを見逃すはずもない。編集者としていつか訪ねて行き、良寛論の書き下ろし原稿を手に入れたいものとひそかにその機会をうかがっていたが、それはあっけないほど早くやってきた。

首尾よく来訪をうながすハガキを受け取り、わたしは喜び勇んで横浜市洋光台の居宅を訪問した。門扉の内側にいた愛犬は現在のハンナとナナの母子ではなく、一代前のマホだった。わたしは犬についていては幼時のトラウマ体験があって苦手なのである。しかし、どちらの犬も人なつこく、訪ねるたびに情が深まり、とくに新しくやって来たばかりのハンナは敏捷で愛くるしく、やがて旧知の仲と呼べるほど親しむようになった。

手土産に持参したのは、わたしの手作りの野菜である。わたしはそのころから自宅近くにわりと広い畑を借りて家庭菜園をやっている。そのときはコマツナの苔立《とうだ》ち菜だったが、中野孝次は、およそ出版社の編集者の手土産とも思えぬ品をけげんそうな顔つきで戸惑いながら受け取り、秀《ひで》夫人に声をかけて台所のあるほうへ立って行った、という鮮明な記憶がある。やっぱり銀座あたりの銘菓にすべきだったかな、と軽い後悔もないではなかった。

だが、手作り野菜を持ってくる編集者というのは珍しく印象に残ったようで、そのあとしばらくしてから、わたしの留守の編集部に電話が入り「中野孝次という者だが、もっと野菜を持って来てくれ」とのメッセージだったと、留守番の者が何のことやらわからず返事に窮したということがあった。このあたりの呼吸も中野孝次らしい率直な態度がしのばれて、思い出すほどに微笑を禁じ得ない。この時から、中野邸を訪ねる際はなるべく休日を選び、マイカーに手作り野菜を積んで行くということが常習のようになった。

前おきは長くなったが、最初の会見では良寛についての一冊を書き下ろすことに意欲的であった。いちどその前に、新潟県下の良寛遺跡をご案内しましょうと約束した。わたしは谷川敏朗『良寛の旅』の写真取材で、マイカーを駆って良寛の遺跡や遺物を隈なく撮影して回り、案内地図も描き、編集と割付けにも苦労してガイドブックを完成させたという実績もあり、遺跡案内には自信があった。

中野邸を辞するとき、最近出したばかりの著作だと『本阿弥行状記』(河出書房新社)をもらった。これは以前に河出の『文藝』誌に載ったものらしい。その年の正月から新しく書き下ろした西行・兼好・光悦・芭蕉・大雅・良寛についてまとめた原稿は草思社に預けているが、タイトルを『清貧の思想』と名づけ、この秋には、発表される予定だと聞かされた。

『清貧の思想』はおおいに売れる

ところが思いもかけず、わたしはそれまで勤めていた恒文社をクビになった。嘱託入社以来八年間を、主として良寛の本を中心に企画編集をやらせてもらったのだったが、良寛の本もだいぶ揃ってきたことでもあるし、今後はもう良寛の本は作らない方針だ、というのが表向きの理由だが、真意はさにあらず。

わたし個人としては東京良寛会を立ち上げ、全国良寛会の会員にもなり、編集者としてただ会社の仕事で良寛の本を出す必要からだけではなく、自分自身の問題意識で良寛の精神を追求していこうとしていた。全国良寛会の評議員を命ぜられ、良寛研究のお歴々と出会えるのも、出版社員の仕事上の便宜で出席しているのではなく、個人の研究テーマとしても取り組んでいることを理解してもらう必要もあった。その頃、ある雑誌に「野の良寛」という連載十八回の原稿を発表したところ、未来社の編集長から声がかかり、そのリライト原稿を『野の良寛』(未来社)として上梓することになった。これはわたしの処女出版である。

恒文社の嘱託社員という宮仕えの身であることはよく承知していたから、恒文社の社長の許可を受けて進めたのに、これがたちまち好評三刷となったことが災いのタネとなったのだ。退職手当など一顧の報酬もなく恒文社を投げ出されたわたしは、ただちに春秋社に再就職し良寛の本を中心に働く場を得ることができたのは幸いであった。良寛の加護があったともいえる。

中野孝次を再訪したころは『清貧の思想』(草思社)がようやく発売になり、好評で迎えられて売れに売れ、ついに最後は七十万部の大ベストセラーとなった。この本で「わたしは清貧という死語をテコに使って過去の日本文化の伝統の中から、モノにとらわれず精神を自由に保ち心ゆたかに生きることを尊重する生のモデルを描こうとした」と中野はのちに語っている。

この本は初版八千部を作り、ただちに品切れになったにもかかわらず、版元では返品となるのを警戒して四刷あたりまでを一刷千部ずつ小刻みに増刷したようだ。品薄のところへ引き手あまたとなり、売れ行きが加速したのである。

この『清貧の思想』が売れはじめた十一月頃に、日程をとってもらいようやく中野孝次を新潟県下の良寛遺跡に案内することができた。あろうことか出張旅費は割りカンで、宿泊は出雲崎の良寛記念館の青山理事長が所有する海岸の別荘「道好亭」を借りて根城にせざるを得なかった。愛弟子の上田茂は新潟眼鏡院の忙しい店の仕事をさて置いて、クルマを運転しながら協力して当初から恩師中野孝次に仕えてくれたことはまことにありがたかった。つねづね、このように中野孝次が新潟入りするとき、必ずといっていいくらい上田茂に甘えていたのである。

やがて『清貧の思想』の爆発的な売れ行きがもとで、中野孝次は超売れっ子作家となり、テレビでも姿を見かけたこともあるし、雑誌などのマスメディアに囲まれて、わたしには遠い存在になってしまったようだった。雑誌などに書きちらしたエッセイをうまくまとめ、海竜社などからはアンソロジーの人生読本が何冊も出され、いずれも売れ行き良好書となっていた。

なぜ良寛が慕わしく、懐かしく思えるのか

ここへ来ては、しばらく静観しようと、わたしはあくまで中野孝次の書き下ろしの良寛論の原稿だけが目当てだったから、他の出版社のような寄せあつめの編集ものの原稿を泣きついてもらおうなどとは考えなかった。

時おり野菜を持って参上すると上機嫌で、良寛の歌と桂園派《けいえんは》の香川景樹《かがわかげき》の歌とをくらべてみた

いのだが、香川景樹の歌集があれば捜してほしい、とか、それと佐藤耐雪の『出雲崎編年史』もあれば借してくれないか、など資料あつめも頼まれ、こちらも忘れられないようにとマメに顔を出すことにつとめた。

ややあって、ハガキが届き、ひとまず巻頭五十枚ほどを書いてみたのだが、やっぱり気に入らなくて破棄してしまったよ、と書かれていたこともある。破棄する前に、読みたかったなあ、と口惜しく思ったがもう後の祭り。そこは中野孝次らしいところでもある。

だが、このようにじっと堪えることも二年あまり。ようやく「書けたぞ！　すぐ取りに来い」と、わたしの自宅に電話が入ったと聞き、もらってきた原稿は二百三十枚のやや短い書き下ろしであった。その「まえがき」が本書に収めた「良寛は「こころ」の試金石」という文である。

これを読むと、中野孝次がみずからの良寛論を書きはじめるにあたって、どれだけ思案したかが察しられる。

「わたしも良寛に親しみだしてからずいぶんになる。良寛の詩や歌や書が好きで、いつも座右に置いて見ている。（中略）が、また別のときに、では自分の良寛のどういうところがいいと思うのか、自分にとって良寛とは何者でどういう存在なのか、とあらためて考え始めると、とたんに良寛はわからなくなりだすのであった。良寛の全体像を考えだすと良寛はおぼろになり、遠のき、ぼんやりとした彼方の人になってしまう。なぜなのか、その理由もあれこれ考えてみたが、わかっ

ためしがない。良寛とはいったい何者なのか。」（春秋社『良寛の呼ぶ聲』平成七年）

このように書き出された「まえがき」は、その三年前の『清貧の思想』で、「わたしはいま年を逐うごとに年々ますます良寛（一七五八～一八三一）が尊ばれ好かれ愛されてゆくようなのを、現代の七不思議の一つに思っている。というのは、彼の生き方や思想は現代の大方のそれと正反対であって、それが好まれる理由がわからないからだ。良寛はなぜいま好まれるのだろう」という書き出しに対応するもので、この設問に真正面から答えようとすると「とたんに良寛はわからなくなりだすのであった」という正直な感想をつぶやかないわけにはいかないような、ある種の強迫観念を感じ、そこにしばらくたたずまざるを得なかった事情がうかがわれる。

また『清貧の思想』には、現代があまりにも実利主義一辺倒の風潮となったせいで、かえってその反対の清らかな生き方に憧れるのだろうか、とも述べ、良寛は生涯を金なぞにはまるで無縁、住まうところは草庵《そうあん》で、乞食をして暮らした人なのに、それがこの時代になぜもてはやされるのか不思議でならない、とある。いずれも、にわかには答えられないほどの大問題だとしている。

徳の力の絶対的価値へのこだわり

中野孝次によれば、良寛は社会のはみだし者である。世捨て人である。良寛のような生き方をする人ばかりだったら人間社会は成り立たない。そして彼の生の原理が、社会を構成し営む原理となり得ないことはいうまでもない、と述べ、であるのに、なぜそのふつうの生の否定形であるような生き方が、かくもわれわれの心をとらえ、惹きつけるのか、と自問自答する。

そこではじめて、良寛に触れることで世の人はみずからの生き方をおのずと反省させられる、という試金石（クリテーリウム）のような存在だからではないか、と思いあたるのである。つまり、自分の生き方の正不正、善し悪し、高雅か卑俗か、欲ぼけかどうか、親切か冷酷か、慈愛か邪険か、そういう徳の基準ともなるべき具体的なあり方を良寛が生きて示したという事実に着目したのだ。

いわれてみれば、何の変哲もないような話だ。古くから隠者の徳性などがいろいろといわれ、道徳の大切さについては繰り返し説かれてきた。それはしかし馬の耳に念仏のごとき絵空言《えそらごと》で、まあ、偉いお坊さんだとして歴史にも名を留めるほどの人だから、それは大きな徳がそなわっていたのでしょうよ。良寛さんだって、そんなものでしょうけど。と語り流されてきた「徳の力」というものに、中野孝次は正面から向き合おうとしたのである。

ただ漠然と語りつがれてきたかに見えた、徳の力、慈悲の力、無為無欲というものが、かくも絶対的な価値をもち、それを一目するだけで人の気持ちを和らげ、癒されるなどということが実在するものだろうか。

作家は懐疑精神の権化のようなものである。中野孝次は深層のところで作家の懐疑精神を発揮する。人間のエゴイズムが跋扈《ばっこ》するというのが主流となった現代社会において、これを抑え、もしくはこれを破砕した生き方を徳と呼ぶのはいいとしても、それが悪徳の活力に対抗できるほどの力をもつものであろうか。

文章として表面に出てこない中野孝次の、隠された自問自答とはおよそこのような図式であったとわたしは想像をたくましくする。たいがいの現代人が、良寛のような高徳を備えていることはまずあり得ない。中野孝次もまた、われわれの自覚と大差はないはずである。とすれば「徳の力」を確信し納得させるその根拠をどこに求めるか。それは良寛が書き残した詩歌をふくめて、さらに内外の古典をひもとき探索するしかない。中野孝次は、その必要性を痛切に感じたにちがいないのである。

そこで中野孝次は、かつて『清貧の思想』で取り上げた西行・兼好・光悦・芭蕉・大雅などの古人よりもっと古い孔子・老子・荘子・道元などが書き残した古典の中に、徳の力の絶対的価値の典故を求めてモーレツな勉強を始めることになったのである。その成果は次々と出版された著作にあらわれた。これはみな、それぞれ単独のテーマ追求の形をとったまとまりにはなっているが、問題意識の地下茎は、良寛のもつ徳の力を検証しようとしたものとして一貫していると見るべきであろう。

ローマの哲人セネカとの邂逅

中野孝次は東洋の古典からだけでなく、西洋の古典にも幅広く目を通した。あるとき、古代ローマの哲人セネカの『道徳書簡集』に「求めることの最も少ない者が、困窮することの最も少ない人間である。」とあるのを見つけてハッとする。ただちにこれは「欲無ければ一切足り、求むるありて万事窮す」とある良寛詩と同じではないか、と。

また十七世紀のドイツの詩人、シレジウスが「足ることを知っている者はすべてを持っているのだ。欲深く多くを求める者は、どんなに多くのものを得ても、まだ足りないと思うのである。」と書いたことばに出合う。明らかにそれを読むことがなかったとわかる良寛でさえ、その精神の系譜につながっていると知り、中野孝次は「これあるかな」と欣《きん》喜《き》雀《じゃく》躍《やく》して勇気づけられた様子が想像できるのだ。良寛が意識して体現した徳のありようは、洋の東西を問わず古来から尊重されその神通力を発揮することを内外の古典によって教えられたのである。

とりわけセネカの残した人生哲学についての著作は中野孝次をしばし立ち止まらせ、キリストの生きていた二千年前のローマの哲人セネカの織りなす著述に目もくらむような感動をおぼえたのである。セネカの語録についての中野の著作は、まず『ローマの哲人セネカの言葉』（岩波書店）が出され、翌年ひきつづき『セネカ現代人への手紙』（同）が発売された。これを契機に岩波書店を動かして近くラテン語から直訳した『セネカ哲学全集』（全六巻）が岩波書店から出版される運びになった。これもみな中野孝次の熱中ぶりが形にあらわれたものといってよい。

ここまで読み進んだとき、中野孝次は食道ガンの告知を受け、それから半年も経ないうちに他界したのである。思ってもみなかったことであるが、これも運命の定めとして受け止めるしかない。セネカ語録となった『ローマの哲人セネカの言葉』の中で「自分だけは災厄に遭わず、他の人より安全な道を歩いているかのように思いこみ、他人が運命の打撃を受けるのを見ても、それが人間の定めであって、いつ自分に襲いかかるかしれぬものだとは思わない」と警句を発したその人、中野孝次を直撃するものとなった。

知足と言行一致の人生態度

セネカを学ぶことによって中野孝次は、良寛の生きかたを理解するだけでなく、新しい説明概念を見つけることができた。そしてこんどはそれをひろげることによって現代人はどう生きるべきかという発展的な教訓をみちびき出すところまでになる。

たとえば「足るを知る者には、少なすぎるということはない。足るを知らない者にとってだけ、いくらあっても十分ではない」という『道徳書簡集』にあるセネカの言葉は、すでに『老子』の説いた「足るを知る者は富む」という東洋の古典の知恵とひびきあうものがあり、良寛の知足の徳もまた同様のことを言いあてていることに気づく。

また「哲学が教えるのは行動であって、哲学は、生きることが言うことと矛盾しないように、あるいは自分自身と違《たが》うことのないように、人はみな自分自身の原則に忠実に生きようと要求する」とあるのも、行動が言葉と一致すること＝言行一致の大切さを説くのもセネカの『道徳書簡集』に言うところだが、中野孝次は「知識にとどまるだけなら学問など知らぬ方がいい。たんなる言論のための言論であるなら、哲学などなんの価値もない。口舌の徒ほど人間としてダメな者はない」と述べた。これは良寛の生き方に一貫する大原則でもある。

中野孝次によれば、現代日本では道徳性が完全に欠落してしまい、政治家、役人、経済人など五十代、六十代の社会の中心を担う世代は利益だけが価値のあるものとされる時代を生きてきたため、事の正邪と善悪をまず考える心が養われず、恥の意識すら消滅してしまったと嘆く。

しかも、我慢とか、辛抱、忍耐、節制、克己、努力、訓練、秩序、規律、約束ごとを守るといった徳は、すべて封建時代の遺物のように言われ、教えられなかった。そのかわりに行われたのが「自分の好きにしてなにが悪い」という考え方であり、規律なくして自由なし、努力なくして向上なし、という当たり前のことが学校教育でたたきこまれなかった。人間の誰もが同じ価値があるかのような悪平等主義の考え方がはびこってしまった。

その結果、いまや日本は世界でも珍しいくらい道徳律のない国になってしまっている。事の正邪・是非・善悪をはかる共有の価値観が、なくなってしまったままであるのに、政治家は世間でそのことが問題になっても打つ手がなく、新しい倫理綱領を創り出す能力もない。だから、先に『論語』を読み返す本を出し、ここにセネカを読む本を出したのだと。

このように二千年前の古代中国やローマ社会に、ちゃんと「徳」を中心とした価値の観念がたしかにあり、それを求め実行するのが人間の道だという教えがあった。その意味で古代社会は、道徳という、目に見えない心の面の修養という点で、現代よりもずっと高尚な考えを持っていたことを中野孝次は確認する。セネカから良寛の時代までの、徳という価値観の水脈は絶えていないと力説するのである。

フォーラム「五つのおみやげの言葉」

ここに至って中野孝次は、良寛の道徳のよってきたるところは、われわれの生き方と反対の側のモデルだと認識する。良寛が無所有というゼロの状態をみずからの使命としたのは、それが心を最も自由に保つ唯一の生き方だったからだ。そこに「優游」として開けて行った良寛の生きざまがあるとの確信を深めるようになる。十年前に「良寛が尊ばれ愛される理由がわからない」と書いて、良寛という人のありようを説明することに苦心していたころとは格段の進境である。

ちょうどそのころ、新潟県民文化祭２００３「新潟の文化を考えるフォーラム」という催しに招かれ、良寛についての基調講演をする機会があった。当初は中野孝次ひとりの講演を請われたが、講演では大雑把な話しかできないからとの理由で、聞き手に敬和学園大学教授の北嶋藤郷が登壇することになり、基調講演・対談・質疑応答という流れとなった。

形式はややオープンな雰囲気で進行したとしても、この催しはやはり中野孝次の御高説を聴くという趣で終始している。わたしはこれを聴くことができなかったが、その下準備の打ち合わせで北嶋藤郷とは二回逢っている。わたしは、良寛の歴史的な位置づけと現代における有効性を話題にしてもらうことを提案した。しかし中野×北嶋対談に際して中野は対談の事前打ち合わせなどいっさい不要であり、ぶっつけ本番の方がかえって新鮮な話題がとび出してこようという立場をとったため、そのような展開にはならなかった。そのためもあり、そんな話は出ようもなかった。それはそれでいいとしても、中野孝次の「五つのおみやげの言葉」には、良寛の徳のありようを知り、その一つでも実践につなげようという具体的な提案がふくまれている。

この「五つのおみやげの言葉」とは、①物欲を捨てよ、②今の為に生きよ、③ゼロの状態に身を置く訓練をせよ、④身を「閑」の中に置け、⑤自分で考え正しく生きよ、である。これは中野孝次が良寛から学んだ生き方をコンパクトなエキスにして示したものといえよう。しかし、これをいきなり実践マニュアルとして話し始めたことによって、会場はやはり当惑の空気につつまれたことがわかる。司会進行役の近藤京子には、良寛よりも中野孝次を現代の奇人とも感じるような口吻がただよっており、むしろ疑惑の尋ね人になってしまった感がある。

むろん、この催しはちぐはぐな感じを残しながらも、新潟県民には新鮮な印象を与えたにちがいない。聞き手の北嶋藤郷は、アメリカの哲学者ソローの例をひき、ソローが自分で山小屋を建て、良寛と同じように「暮らしは貧しく思いは高し」の生活を実際に生きたと紹介した。むしろ中野孝次が、これまで掘り下げ追求してきた良寛の徳のねうちをセネカ研究の例をあげて開陳したほうが迫力が出たのではないか、というのがわたしの率直な感想である。

良寛の生きた徳のあり方を実践の課題とするには、まずなによりも道徳の力を多くの人が身にしみて認識することが大切であり、それぞれがどう生きるかは各人の工夫に委ねるべきである。それを中野孝次は認識と実践マニュアルとを同時に提案しようとした性急さが、いかにも中野孝次らしい。しかし、たとえ書斎レベルの机上の発奮だったにせよ、この提案をどうするかは、後進のわたしたちの共通の課題だと受け止めなくてはならない。

その壮絶な死と有終の美

中野孝次はセネカについての第二冊目『セネカ現代人への手紙』を書きおえた二〇〇四年二月のはじめころ、身心の不調を感じるようになった。胃の上部あたりに常時鈍痛があり、歩きながら無意識に胸を叩いていたりすることが多くなった。そのため近くに旧制五高時代の同級生の病院があり、そこへ出かけて内視鏡の検査を頼んだ。

友人の医者は半年ほど前に脳梗塞で倒れ別の病院で治療中なので、医者である息子夫婦の診察を受けたところ、すでに内視鏡検査で食道ガンと見ぬかれた。ガンの告知を受けたとき「わたしは一瞬うちのめされたようなショックを受けた」と書いている。しかし、その知らせを比較的平静に聞いて応答することができたのは、まったくセネカのおかげであった。彼は「ついにその時が来たな。セネカがどんなことでも起こりえないことはないというのは、このことだな」と思ったと述べている。

本書の「病いに臨む良寛の態度」を『良寛』誌に書いたとき、中野孝次はそのときもうすでにガンの告知を受けていた、とわたしは想像する。良寛は「死ぬ時節には、死ぬがよく候」と書いた。運命は自分の自由になるものではない。誰かの身に起こることは必ず自分の身にも起こるのである。そのもたらすものが何であれ、逆らわず心静かに受け入れよ。それによって、我《われ》を失ってさわいだり、嘆き悲しむべきではない。それが正しい人間の態度である。良寛はつねにそう覚悟していたのだと述べながら、中野孝次は自分の覚悟をたしかめるように、良寛に仮託してそう書いたのだ。

しかし、この非常事態をいち早く感知して新潟市から駆けつけた上田茂に対して、邪険な感じの対応をとったのは、やはり動揺がなかったわけではない。しかし、後の手紙で真っ先に詫びている。息子も娘もいない中野孝次にとって、わがことを心から心配してくれるのは愛弟子の上田茂をおいてないことを知っていた。だから、思い直してそれ以後の病状報告と心境を書き送ったのである。

もともと中野孝次は医者と病院に通うことがきらいだった。西式健康法や漢方薬に信頼を置いたのはいいとしても、近代医学にもつきあって定期検診を受けるべきところを無視していた。食事にもうるさく好みがあり、一家言あった。健康には自信があったのである。その自信が、ガンの発見を遅らせたのだ。痛みを感じてから医者に走るのではもう防ぎようがなかった。

察するにその元凶は、中野孝次が好んだアルコールのとり過ぎであるとわたしは推量する。あまたの出版社などから贈られてくる日本酒、これには目がなかった。テレビなど観ないで夜はもう宵の口から寝につき、朝早く起きて犬のハンナ親子を運動に連れて行く。それから午前中の執筆三昧のあと、書物に目を通すという繰り返しの生活の中で、何よりの楽しみは夕宵まで空腹をこらえながら待ったその美酒を胃袋に流す恍惚感だった。酒は二合でやめるべし。わかっていても過ぎてしまう。これを差し止める何の障害もなかった。

わが身といえども、からだは君の権能下になく、自然に属する。養生がよければ自然は満足しているが、悪ければ反逆して警告を発する。そのときは黙ってその声を聴き入れよ、とは中野孝次がセネカから学び、良寛に教えられた天の声であった。

死の三年前二〇〇一年五月三日には、まさかの時の事故を想定して、秀夫人に遺書ともいうべき「死に際しての処置」という一文を預けている。これは死後まもなく『文藝春秋』特別版二〇〇四年九月臨時増刊号に掲載された。これには、死顔を近親者以外に見せないこと。葬式は信州須坂の浄運寺で簡素に行い、死後「お別れ会」などすべからずとある。

だが、その前の『大法輪』二〇〇二年十二月号に出た、「予の遺言書」の内容とは異なる。こちらには、①遺産はすべて妻秀に与う、②中野秀死亡の後は、すべて売却して中野基金に譲渡する、③中野基金は発展途上国の恵まれない子供や留学生の救済に使うが、それは基金理事長の判断に任す、④著作権は神奈川近代文学館に委ねる、など新しい条項が加わっている。

中野孝次はベストセラー『清貧の思想』の著者として、それ以前の著書もそれ以後も読者にわかりやすい気骨のある文章で多くのファンを惹きつけた。その印税収入も巨額になる。しかも、まだまだ売れ続けることが予想される。わたしは『清貧の思想』の出たあたりからの交際だったが、つねに質実で浮いたところや乱れも感じなかった。清貧を売り物にする作家の書く人生論への、読者からの反発もないわけではなかったこともわたしは心得ている。

だが、いつの日か良寛に魅力を感じて、その魅力の秘密を説き明かそうと、そこを掘り下げ、調べ、思案して、ついに二千年以上も前の孔子や老子、釈迦のもたらした仏教などの源泉との鉱脈に思索をこらし、さらに古代ローマの哲人セネカとの徳の水脈という共通項へと強烈な照明を投じたその意欲と成果には、ただただ脱帽せざるを得ない。

息子と娘もいないその家庭の未亡人が果てた後は、その資産を中野基金に全面的に譲渡して、発展途上国のこれからという子どもたちのために役立てる社会貢献を指示しているのは見上げた志というほかはない。

戦後の窮乏時代には文学で生きることはきわめて困難だったが、中野孝次は素志を貫き、ただ文学一筋に生きたことを誇りとした。そして「わが志・わが思想・わが願いはすべて、わが著作の中にあり。…予を偲ぶ者あらば、予が著作を見よ」と。これだけの情熱と矜持を高らかに宣言して逝った文学者というものに、わたしはかつて出会ったことがないのである。

中野孝次（なかの　こうじ）
1925年、千葉県生まれ。東京大学文学部独文科卒。国学院大学教授を経て作家活動に入る。2004年７月16日死去。享年79。著者に『ブリューゲルへの旅』『麦熟るる日に』（以上、河出文庫）、『良寛の呼ぶ聲』『良寛に会う旅』（以上、春秋社）、『ハラスのいた日々』『清貧の思想』（以上、文春文庫）、『中野孝次の論語』（海竜社）、『「閑」のある生き方』（新潮社）、『良寛心のうた』（講談社）、『道元断章』『いまを生きる知恵』『暗殺者』『セネカ現代人への手紙』（以上、岩波書店）などがある。
『中野孝次作品』（全十巻）（作品社）、『風の良寛』（文春文庫）『ローマの哲人セネカの言葉』（岩波書店）の業績によって、2003年度日本芸術院賞を受賞。

北嶋藤郷（きたじま　ふじさと）
1937年、新潟県生まれ。中央大学大学院文学研究科英文学専攻修了。敬和学園大学名誉教授。国際啄木学会会員。
平成13年、中国・北京大学で開催された「良寛世界学会」で「大愚良寛と中国」と題し研究発表。共訳書として『良寛　短歌・俳句選』、加藤僖一著『良寛遺墨の精粋』（考古堂）、『アースキン・コールドウェル研究』（奥村出版）など。

良寛に生きて死す〈新装版〉

二〇一六年六月一日　発行

著者　中野孝次
発行者　柳本和貴
発行所　株式会社　考古堂書店
〒九五一－八〇六三　新潟市中央区古町通四
電話　〇二五－二二九－四〇五八（出版部）
振替　〇〇六一〇－八－二三八〇
装幀＝本田　進
印刷＝株式会社　第一印刷所

ISBN978-4-87499-849-6　C0095